www.tredition.de

AF177567

Anette Judersleben

 Die gebürtige Schwäbin, Jahrgang 1965, lebt mit ihrer Familie in der Nähe von Köln. Sie schreibt u.a. für Zeitschriften. Der Schwerpunkt ihrer schriftstellerischen Tätigkeit liegt jedoch auf Liebesromanen mit Herz, Hirn und Humor. Weitere Informationen finden Sie auf der Website: www.judersleben.de

Danksagung:

Wie immer haben mich während des Schreibprozesses viele Menschen unterstützt.
First at all: Mein Mann.
Danke für deine Geduld, dein stets offenes Ohr, deine Geistesblitze, deine liebevollen Ermutigungen, deine Mitternacht-Salate.
Danke – einfach für Alles. Du bist der Beste.

Ein herzlicher Dank gebührt auch meinen Testlesern für ihre scharfsinnigen Kritiken und Verbesserungsvorschläge.

Mit einem herzlichen Gruß nach Kanada bedanke ich mich bei Pete Ritter für die Fotos und all die vielen Informationen über seine wunderschöne Wahlheimat.

Der größte Dank gilt jedoch meinen Lesern und Leserinnen.
Ich hoffe, Sie schließen Josh und Mick, sowie all die anderen Einwohner von Swan River ebenso in Ihr Herz, wie ich es getan habe.

ANETTE JUDERSLEBEN

repair my heart

Neues Glück in Swan River

www.tredition.de

Impressum

© 2017 Anette Judersleben
Covergestaltung: TJDesign
Coverfoto und Foto Rückseite: Pete Ritter
Autorenfoto: Privat
Lektorat: Sophia Hein

Verlag und Druck: tredition GmbH, Grindelallee 188, 20144 Hamburg

ISBN
Paperback: 978-3-7439-2587-8
e-Book: 978-3-7439-2588-5

Sämtliche Figuren und deren Handlungen in dieser Geschichte sind frei erfunden. Jede Ähnlichkeit mit lebenden oder verstorbenen Personen sind zufällig und unbeabsichtigt.

Josh

Kapitel 1

»Mach schon, Dad. Blas die Kerzen aus!«

»Okay.«

Josh Railey trat lächelnd an die doppelstöckige Geburtstagstorte.

»Jede Wette, du schaffst nicht alle auf einmal, alter Mann.«

Der spöttische Kommentar kam von Mick, seinem fünf Jahre jüngeren Bruder. »Klar schafft er das«, widersprach ihm ihre Mutter, die die Torte gebacken hatte, spitz. »Er hat ja gesunde Lungen, im Gegensatz zu dir. Zeig's ihm, Josh!«

Sie begann rhythmisch zu klatschen und die anderen Gäste fielen mit ein. Josh holte tief Luft und pustete die 40 Kerzen mühelos in einem Rutsch aus. Danach wandte er sich mit einem Siegerlächeln an Mick, während seine Mutter und seine Freunde johlend applaudierten.

Mick war ein fairer Verlierer.

»Ich gebe zu, du bist gut in Form«, meinte er anerkennend, grinste und schlenderte dann hinaus auf die Terrasse, um zu rauchen. Dass ihre Mutter ihm bekümmert nachschaute, bemerkte er nicht. Josh hingegen sah es und wusste, was ihr durch den Kopf ging. Genau wie er, hoffte sie seit Jahren darauf, Mick möge endlich eine feste Beziehung eingehen, doch leider dachte sein Bruder nicht im Traum daran. Er war einzig an Sex interessiert und hatte eine Affäre nach der anderen. Entsprechend war sein Ruf in der Stadt, aber das kümmerte den »Bad Boy« von Swan River nicht.

Josh legte die Hände auf die Schultern seiner Mutter.

»Gräm dich nicht, Mum«, sagte er leise. »Irgendwann kommt bestimmt eine Frau, die ihn zähmt.« »Dein Wort in Gottes Ohr.« Margret Railey seufzte und blickte ihn ernst an. »Ich wünschte, es käme auch für dich wieder eine. Jetzt bist du schon Vierzig und immer noch allein. Das macht mich traurig.«

Ihre Worte versetzten ihm einen Stich.

Um sie von dem Thema abzulenken, zeigte Josh rasch zu seinem Sohn, der mit gieriger Miene auf die Torte starrte. »Schau dir Jordan an«, sagte er bemüht munter. »Kaum zu glauben, dass er noch hungrig ist, nach allem, was er bereits verdrückt hat. War ich auch so gefräßig in dem Alter?«

Sein Plan ging auf.

»Und wie, mein Lieber«, antwortete seine Mutter lachend und hakte sich bei ihm unter. »Dann lass uns mal die Torte anschneiden, ehe mein Enkel etwas Unbedachtes tut.«

Um neun Uhr erreichte die Feier ihren vorläufigen Höhepunkt.

Die Gäste saßen oder standen verteilt in Wohnzimmer, Küche und Wintergarten und amüsierten sich großartig. Josh schlenderte von einer Gruppe zur nächsten, verteilte Getränke und unterhielt sich; ganz der aufmerksame, perfekte Gastgeber. Wie es in ihm aussah, dass ihn seit Stunden bittere Einsamkeit quälte, ahnte niemand.

Schuld daran war die Bemerkung seiner Mutter vorhin. Sie hatte Recht, er war allein. Trotz seiner Familie, trotz der zahlreichen Freunde. Er liebte sie alle, keiner von ihnen ersetzte jedoch eine Partnerin. Seit Sandras Tod hatte er eine einzige Beziehung gehabt und die war nach drei Monaten gescheitert, da Heather mit Jordan nicht klarkam. Seitdem, und das war verdammt lange acht Jahre her, hatte er nie mehr eine Frau getroffen, mit der er sich etwas Ernsthaftes vorstellen konnte.

»Josh, es tut mir leid, wir müssen gehen.«

Roy Brewster trat auf ihn zu. »Mel fühlt sich nicht wohl.«

»Ist alles in Ordnung mit ihr und dem Baby?«, fragte Josh besorgt. Melanie, die Frau seines besten Freundes, war im achten Monat schwanger. »Ja, ja, es ist nur so, dass sie sehr schnell müde wird in letzter Zeit.« Roy stöhnte. »Ich bin froh, wenn es endlich vorbei ist.« »Das kann ich verstehen.« Josh nickte mitfühlend. Sandra war damals am Ende der Schwangerschaft auch ständig müde gewesen.

Er begleitete Roy und die sichtlich blasse Mel zur Türe und blickte ihnen gedankenverloren hinterher. Die beiden waren ein klassisches Beispiel für Liebe auf den ersten Blick. Melanie stammte aus Toronto. Vor einigen Jahren hatte sie eine Radtour quer durch Kanada gemacht und war dabei auch in Swan River gelandet. Genauer gesagt, im »First Swan Hotel«, das Roys Familie seit drei Generationen gehörte. Kaum hatten Roy und sie sich gesehen, war es um die beiden geschehen. Nur vier Wochen darauf waren sie verheiratet und erwarteten nun ihr erstes, langersehntes Kind.

Die Glücklichen.

Josh schluckte bitter. Würde Sandra noch leben, hätten sie mittlerweile bestimmt drei, vielleicht sogar vier Kinder. So aber würde Jordan wohl sein einziger Sohn bleiben. Mit Vierzig war er zwar noch nicht zu alt für weiteren Nachwuchs, aber dazu benötigte er eben eine Partnerin und die war weit und breit nicht in Sicht.

Er schluckte erneut, schloss die Türe und ging zurück zu seinen Gästen.

Mit Zwanzig hatte Cathy Allister genaue Vorstellungen von ihrem Leben gehabt.

Sie würde beruflich erfolgreich werden, eines Tages den Mann ihrer Träume heiraten, gemeinsam mit ihm ein hübsches Haus irgendwo auf dem Land kaufen und spätestens mit Dreißig zwei süße Kinder haben.

Am Morgen ihres 30. Geburtstages saß sie stattdessen allein im Bett in ihrer winzigen Wohnung, die inmitten einer der hässlichsten Gegenden Torontos lag und heulte sich die Seele aus dem Leib. Nichts, nichts hatte sich so entwickelt, wie sie es sich erträumt hatte.

Sie war geschieden, kinderlos und ihr Job seit Monaten ein einziger Albtraum dank ihres neuen, cholerischen Chefs.

Zudem hatte sie fünf Kilo Übergewicht, weil sie wegen des beruflichen Stresses zu viel aß.

Das Schlimmste jedoch war ihre Einsamkeit.

Niemand, außer ein oder zwei Arbeitskolleginnen vielleicht, würde ihr heute gratulieren. Ihre Eltern waren tot; beide vor einigen Jahren gestorben. Donald, ihr einziger Bruder, lebte in Italien, doch selbst, wenn er hier in Toronto gewesen wäre, hätte er nicht angerufen. Sie und ihn verband nichts außer der gemeinsamen DNS. Und Freunde besaß sie auch keine mehr seit der Trennung von Brad. Weil sie so unfassbar dämlich gewesen war, noch vor der Heirat ihre eigenen Freunde abzuservieren für seine, die angeblich »besseren«. Das hatte sie nun davon.

Cathy schnaubte lautstark in ein Taschentuch und wischte sich mit dem Handrücken die nassen Wangen ab. »Ich ha, ha, hasse mein Leben«, stammelte sie schluchzend. Der einzige Trost war, dass heute Samstag war und sie nicht zur Arbeit musste.

Nach einer Weile rappelte sie sich mühsam auf und schlurfte ins Bad.

»Oh, Gott.«

Entsetzt und angewidert starrte sie in den Spiegel und auf einmal erfasste sie maßlose Wut.

Wut auf sich selbst.

»Du hasst also dein Leben, ja?!«, schrie sie ihr erbärmliches Spiegelbild an. »Dann ändere es verdammt noch mal, anstatt dich im Selbstmitleid zu suhlen.«

Entschlossen trat Cathy unter die Dusche.

Der heiße Wasserstrahl wusch nicht nur die Tränenspuren aus ihrem verheulten Gesicht, sondern auch das jämmerliche Selbstmitleid fort.

Sie war Dreißig und allein, na und? Ihre Familienträume konnten trotzdem noch in Erfüllung gehen. Irgendwann würde sie bestimmt dem richtigen Mann begegnen. Einem, der fleißig, kinderlieb, aufrichtig und somit das Gegenteil von ihrem Ex war. Doch zuallererst würde sie sich einen neuen Job suchen, weit weg von Toronto. Den Traum vom Leben auf dem Land konnte sie auch alleine leben.

Zwanzig Minuten später saß sie an ihrem Laptop und suchte im Internet nach freien Stellen. Die Bank, in der sie arbeitete, gehörte zu den drei größten in Kanada und hatte in allen Provinzen Filialen. Nach zwei Stunden waren zehn Bewerbungen online verschickt, die letzte nach Manitoba in eine Kleinstadt namens Swan River. Der Name sagte ihr etwas, aber sie kam nicht darauf, weshalb.

»Swan River, hm.«

Cathy schüttelte den Kopf. Vielleicht fiel es ihr ja noch ein.

Sie schaltete den Laptop aus und schlüpfte in ihre Lieblingsjacke. Heute war ihr Geburtstag und den würde sie jetzt ausgiebig feiern! Mit einem opulenten Geburtstagsfrühstück in einem Café und einer Shoppingtour.

Es hatte den ganzen Morgen über geregnet, doch genau in dem Moment, als sie auf die Straße trat, hörte es auf und die Sonne durchbrach den grauen Himmel. Cathy sah hoch und lächelte. Welch ein verheißungsvolles Zeichen für ihre Zukunft. Wo auch immer es sie hin verschlagen würde, sie sah wieder Licht am Horizont.

Kapitel 2

Die Kirche war bis auf den letzten Platz besetzt.

Roy und Melanie Brewster gehörten einer der beliebtesten Familien von Swan River an. Dementsprechend waren viele der Einwohner gekommen, um bei der Taufe ihrer zwei Monate alten Tochter Peyton dabei zu sein.

Josh saß in der dritten Reihe neben seiner Mutter und verfolgte melancholisch die Taufzeremonie. Seine Sehnsucht nach einem weiteren Kind war in den vergangenen Wochen immer stärker geworden; ebenso die Einsamkeit. Zum Glück hatten Mick und er genug in ihrer Autowerkstatt zu tun, das lenkte ihn zumindest tagsüber ab. Abends jedoch, wenn Jordan im Bett war, saß er in seinem Wohnzimmer und brütete vor sich hin.

Das war nicht gut, ganz und gar nicht. Er musste dringend raus aus dieser Denkspirale. Wenn er nur wüsste, wie? Vielleicht sollte er mit Jemandem darüber reden. Allerdings weder mit seiner Mutter noch mit Mick. Erstere wollte er damit nicht belasten, und sein Bruder würde ihm garantiert bloß empfehlen, in irgendeiner Bar eine bereitwillige Frau aufzureißen und endlich mal wieder eine Nacht lang durchzuvögeln.

Der Gedanke an stundenlangen Sex war nach acht Jahren unfreiwilliger Askese zugegeben erregend.

Josh rutschte unruhig auf seinem Platz hin und her.

Aber er war nicht wie Mick. Ein One-Night-Stand mit einer Wildfremden kam für ihn ebenso wenig infrage, wie eine unverbindliche Affäre. Was er wollte, war eine ernsthafte, liebevolle Beziehung mit Zukunft.

»Josh, träumst du?«

Seine Mutter verpasste ihm einen leichten Knuff und riss ihn damit aus seinen Gedanken. Erst jetzt merkte er, dass alle aufgestanden waren zum Schlussgebet.

Während er an Sex gedacht hatte. In der Kirche!

Herr im Himmel, vergib mir.

Josh erhob sich hastig und faltete betreten die Hände.

Im Anschluss an die Taufe hatte die Familie Brewster großzügig zum Kaffeetrinken für Jedermann in das Restaurant ihres Hotels eingeladen. Da seine Mutter nach dem Gottesdienst unter Kopfschmerzen litt und beschloss, nach Hause zu fahren, ging er alleine dort hin.

»Ist sie nicht wundervoll?«

Roy, der seine schlafende Tochter auf dem Arm trug, trat mit stolzer Miene an den Tisch, an dem Josh saß. Augenblicklich hagelte es Komplimente von den anwesenden Damen.

»Bezaubernd, einfach bezaubernd«, flöteten drei von ihnen wie aus einem Munde.

»Ja, ein sooo süßes Herzchen. Sie erinnert mich an meine Mandy in dem Alter«, ertönte es von Veronica Weston, der größten Klatschbase von Swan River. Dabei warf sie Josh einen giftigen Blick zu. Der lächelte höflich, verdrehte insgeheim jedoch die Augen. Mandy war mit ihm und Roy in einer Klasse gewesen und schon damals das Ebenbild ihrer Mutter: schwatzhaft, dumm und zwanzig Kilo zu schwer für ihre Größe. Nach dem Tod von Sandra hatte sie sich ungeniert an ihn herangemacht; natürlich erfolglos und Veronica hatte ihm das bis heute nicht verziehen.

»Kann ich kurz mit dir unter vier Augen reden?«

Roy beugte sich zu ihm hinunter.

»Klar.« Josh folgte seinem Freund hinaus in die Hotel-Lobby. »Was gibt's?«

»Nichts, ich wollte dich nur vor dem Drachen retten.«

Roy grinste verschmitzt und streichelte Peyton liebevoll über die rosige Wange. Die väterliche Geste versetzte Josh einen schmerzhaften Stich.

»Darf, darf ich sie mal halten?«, fragte er mit belegter Stimme. »Selbstverständlich.« Roy reichte ihm ohne zu zögern seine Tochter. Josh nahm sie behutsam und schaute mit feuchten Augen auf das winzige, zartgliedrige Baby.

Ich wünschte, du wärst mein Mädchen.

»Du wünschst dir auch noch ein Kind, nicht wahr?«, sagte Roy da leise, als hätte er seinen Gedanken gelesen. Ertappt blickte Josh auf und als er das verständnisvolle Mitgefühl im Gesicht seines Freundes sah, löste sich etwas in ihm. »Ja, du ahnst nicht, wie sehr«, gestand er seufzend. »Leider warte ich seit Jahren vergeblich auf die richtige Frau dafür.«

»Die kommt bestimmt noch«, meinte Roy im Brustton der Überzeugung. »Wer weiß, womöglich …, ach verdammt, das hätte ich fast vergessen, entschuldige«, unterbrach er sich jäh und schaute zur Rezeption, an der sein jüngerer Bruder saß. »Hey, Andrew! Ed Morris hat mich vorhin nach der Kirche angesprochen. Er erwartet nächsten Freitag eine weitere Bewerberin für die freie Stelle. Wir sollen ihr ein Zimmer reservieren für eine Nacht. Offenbar stammt sie nicht aus der Gegend.«

»Okay, trag ich ein«, erwiderte Andrew und wandte sich dem Computer zu. »Wie heißt die Dame?« »Mrs. Allister.«

»Gut, ist erledigt.« Andrew hob den Daumen.

»Danke.«

Roy lächelte und raunte Josh augenzwinkernd zu: »Hey, vielleicht ist sie ja Diejenige, auf die du wartest.«

Josh lachte humorlos.

»Ach, komm schon.« Roy gab ihm einen Schubs. »Denk positiv, mein Freund.« »Das tue ich, aber *Mrs.* Allister ist ja offenkundig verheiratet.« »Nicht unbedingt, sie könnte auch geschieden sein oder verwitwet, so wie du. Ich meine … «

»Dein Eifer in Ehren, es reicht, Roy«, fiel Josh ihm ärgerlich ins Wort. »Thema beendet. Lass uns wieder reingehen.«

Er legte ihm Peyton in den Arm und marschierte zurück ins Restaurant.

Am Donnerstagabend verließ Cathy erleichtert das Bankgebäude.

Ihr Chef war heute wieder besonders ekelig gewesen. Zwei Kolleginnen von ihr hatten Weinkrämpfe bekommen. Cathy hingegen blieb gelassen, obwohl er auch sie mehrfach wegen einer Nichtigkeit angebrüllt hatte. Dieser Choleriker ahnte ja nicht, wo und wie sie ihren morgigen Urlaubstag verbringen würde, den er ihr nur widerstrebend bewilligt hatte. In Swan River, Manitoba!

Der dortige Bankdirektor Edward Morris hatte sie zum Bewerbungsgespräch eingeladen, und sie würde ihr Bestes geben, ihn davon zu überzeugen, dass Cathy Allister die Richtige für den Job war.

Sie fuhr nach Hause, machte sich kurz frisch und rief dann ein Taxi, das sie zum Flughafen brachte.

Um halb neun landete sie in Winnipeg. Dort übernachtete sie in einem kleinen Motel. Am nächsten Morgen holte sie den Leihwagen ab, den sie übers Internet reserviert hatte. In Swan River gab es zwar auch einen Flughafen, doch da sie etwas von der ihr unbekannten Provinz Manitoba sehen wollte, hatte Cathy sich gegen einen Weiterflug und für einen Roadtrip entschieden.

Für ein Abenteuer. Ihr Leben war lange genug öde gewesen.

Punkt sieben Uhr startete sie.

Zunächst vorbei am Lake Manitoba in Richtung Norden, dann nach Westen und schließlich auf dem Highway 10 erneut in nördliche Richtung. Die großartige, abwechslungsreiche Landschaft und das Gefühl, frei zu sein wie nie zuvor, machten sie beinahe trunken.

»Oh Gott, ist das schön!«, rief Cathy immer wieder hingerissen. Selbst, wenn es mit dem Job nicht klappen sollte, diese Fahrt würde sie nie vergessen.

Kurz vor halb eins erreichte sie ihr Ziel.

Swan River lag am gleichnamigen Fluss in einem Tal der Duck Mountains und war umgeben von Wäldern und Farmland.

Als Cathy das Ortschild passierte und auf die Main Street fuhr, begann ihr Herz freudig erregt zu klopfen. Sie hatte sich sofort nach dem Telefonat mit Mr. Morris über die Kleinstadt informiert und fand sie nun exakt so idyllisch vor, wie sie es sich ausgemalt hatte. Die Straßen und Häuser strahlten beschauliche Heiterkeit aus; ebenso die Menschen auf den Gehwegen. Keiner hetzte, alle schlenderten gemütlich. An einer Ecke stand eine Gruppe Schüler, die sich lachend unterhielten und einige Meter weiter betraten zwei ältere Damen gerade Arm in Arm ein Café.

Kurz darauf musste Cathy an einer roten Ampel anhalten. Während sie wartete, blickte sie sich weiter neugierig um. Links von ihr stand eine kleine Kirche und direkt daneben befand sich eine Autowerkstatt. Ein Mann mit blondem, kurz geschnittenen Haar trat soeben aus der Halle heraus.

Er trug einen hellen, ölverschmierten Overall und sah genau in ihre Richtung. Der Blick seiner blauen Augen war ernst wie sein Gesichtsausdruck, doch im nächsten Moment lächelte er plötzlich freundlich und winkte ihr lässig zu.

Wieso winkte er denn?

Cathy starrte ihn perplex an, mehrere Sekunden, bis sie auf einmal kapierte. Swan River war keine anonyme Großstadt wie Toronto. Jeder kannte hier vermutlich jeden. Der Mann hatte sie folglich als Fremde identifiziert und wollte einfach bloß nett sein. Deshalb hob sie die Hand und winkte mit einem etwas verlegenen Lächeln zurück. Im selben Augenblick ertönte hinter ihr mehrfaches Hupen.

Herrje, die Ampel war Grün!

Schnell legte Cathy den Gang ein und fuhr zügig weiter. Da ihr Bewerbungsgespräch erst um zwei Uhr stattfinden würde, steuerte sie zunächst das »First Swan Hotel« an, in dem der Bankdirektor für sie ein Zimmer hatte reservieren lassen. Es lag am Ende der Main Street; ein dunkelrotes, zweistöckiges Gebäude. Cathy parkte davor und stieg aus.

Die Lobby war hell und modern eingerichtet. Rechts ging es in ein Restaurant. Links lag die Rezeption, an der ein dunkelhaariger Mann um die Vierzig saß. Sein Namensschild wies ihn als Roy Brewster, Hotelmanager aus.

»Guten Tag«, begrüßte er sie fröhlich.

»Hallo, ich bin Cathy Allister. Für mi … « »Ah, die Bewerberin für Ed!«, unterbrach er sie schwungvoll, sprang auf und reichte ihr mit einem herzlichen Lächeln die Hand.

»Willkommen in Swan River. Ich hoffe, Sie fühlen sich wohl bei uns und drücke Ihnen die Daumen, dass Sie die Stelle bekommen.«

»Danke, Sie sind sehr freundlich«, erwiderte Cathy überrascht. »Das sind wir alle hier, na ja, fast alle«, meinte er augenzwinkernd. »Aber der Bankdirektor gehört auf jeden Fall dazu. Kleiner Tipp: Bewundern Sie ausgiebig die zahlreichen Bilder seiner Enkel, dann haben Sie den Job schon halb in der Tasche.«

»Okay, ich werde mir Mühe geben.« Cathy lachte etwas atemlos. Du meine Güte, wie nett und hilfsbereit er war, dabei kannte er sie doch gar nicht!

Der Hotelmanager bat sie nun um ihren Ausweis, den er für die Anmeldung benötigte.

»Das ist ja ein Ding, Sie sind aus Toronto?«, sagte er und schaute sie verblüfft an. »Na, das wird meine Frau freuen, sie kommt nämlich auch von dort. Warten Sie kurz.« Er eilte zu einer nahe gelegenen Tür und steckte den Kopf in das Zimmer. »Darling, stell dir vor, die Bewerberin für Ed ist aus deiner Heimatstadt. Möchtest du Sie vielleicht begrüßen?«

»Sehr gern, ich komme«, antwortete eine heitere Frauenstimme.

Cathy hörte, wie ein Stuhl gerückt wurde und dann überfiel sie jäh ein freudiger Schock, denn sie kannte die hübsche blonde Frau, die aus der Türe trat. Damit wusste sie endlich auch, weshalb ihr der Name Swan River vertraut vorgekommen war.

Dick Forrester, ein ehemaliger Klassenkamerad, hatte ihr vor vielen Jahren bei einem zufälligen Aufeinandertreffen in einer Bar berichtet, dass ihre Mitschülerin Melanie Waters »einen Hinterwäldler aus Manitoba« geheiratet habe. Dabei nannte er auch den Namen des »Kaffs«. Cathy, die zu der Zeit in ihrer ersten von vielen Ehekrisen steckte, hatte bloß zerstreut zugehört und die Information sofort wieder vergessen.

»Cathy?« Melanie blieb abrupt stehen und starrte sie ungläubig an. »Bist du es wirklich?«

»Ja.« Cathy lächelte breit. »Hallo, Mel.«

»Oh, mein Gott!«, kreischte ihre frühere Mitschülerin. »Ich fasse es nicht. Du, hier?« Sie rannte auf Cathy zu und umarmte sie stürmisch. »Ich freu mich so, dich zu sehen!«

»Ihr kennt euch?«

Roy Brewster kam näher und betrachtete sie beide sichtlich neugierig. »Wir waren zusammen auf dem College«, erklärte Mel ihm mit strahlender Miene. »Das ist ewig her. Wusstest du, dass ich in Swan River lebe?«, wandte sie sich wieder an Cathy. »Ja und Nein«, entgegnete diese. »Dick Forrester, du erinnerst dich bestimmt an ihn, hat es mir zwar irgendwann mal erzählt, aber ehrlich gesagt, war es mir bis eben entfallen.« Sie lächelte erneut. »Du siehst toll aus, Mel. Offenbar bist du sehr glücklich.«

»Dank ihm.«

Melanie schmiegte sich eng an ihren Mann, der ihr einen Kuss aufs Haar hauchte. Die zärtliche Geste berührte Cathy.

Dick, ganz der arrogante Großstädter, mochte Roy Brewster als Hinterwäldler bezeichnet haben, aber dieser hilfsbereite, nette Mann war eindeutig die große Liebe für Mel.

»Und wie geht es dir?«, fragte Mel sie nun wissbegierig. »Du bist ja offensichtlich auch verheiratet, Mrs. Allister.«

»Nicht mehr«, entgegnete Cathy knapp angebunden. »Wir sind seit drei Jahren geschieden.« »Oh, das tut mir leid.« Melanie sah sie mitfühlend an. »Mir ganz und gar nicht, glaub mir.« Cathy zuckte gleichgültig mit den Schultern und wechselte das Thema.

»Gibst du mir bitte meinen Zimmerschlüssel«, sagte sie an Roy gewandt. »Ich möchte mich vor dem Bewerbungsgespräch noch etwas ausruhen und frischmachen.«

»Selbstverständlich.«

Roy trat hinter die Rezeption. Im selben Moment erscholl kräftiges, protestierendes Babygeschrei aus dem offenen Zimmer.

»Das ist Peyton, unsere Tochter und sie ist eindeutig hungrig«, sagte Mel lachend. »Wenn du nachher wiederkommst, stelle ich sie dir vor.« Sie umarmte Cathy noch einmal. »Doch jetzt wünsche ich dir erst mal viel, viel Glück bei Ed. Ich hoffe, du bekommst den Job. Bis später.«

Mel eilte in das Zimmer.

Cathy sah ihr hinterher und schluckte an dem dicken Kloß vorbei, der plötzlich ihre Kehle verengte. Ihre Augen brannten. Sie sollte nicht neidisch sein, sondern sich für Mel freuen, aber das fiel ihr momentan äußerst schwer. Melanie hatte alles, wovon sie bislang nur träumen konnte.

»Zimmer fünf, 1. Stock links.«

Die Stimme von Roy riss sie aus ihrem Selbstmitleid. Cathy blickte zu ihm und stellte fest, dass er sie durchdringend musterte. »Alles okay mit dir?«

»Ja«, behauptete sie forsch und rief sich energisch zur Raison. Keine Jammerei mehr, das hatte sie sich doch geschworen. »Mir geht es bestens, ich bin bloß etwas nervös.« Sie ergriff den Schlüssel, schulterte ihre Reisetasche und stieg die Treppe nach oben.

Kapitel 3

Das Telefon klingelte.

Josh legte die Rechnung beiseite, die er soeben online überwiesen hatte und nahm gleichzeitig den Hörer ab.

»Railey Motors. Sie sprechen mit Josh. Was kann ich für Sie tun?«

»Ich hatte Recht, sie ist geschieden«, sagte Roy ohne Einleitung. »Außerdem, das ist der Hammer, kommt sie aus Toronto und kennt Mel aus dem College!«

»Äh, von wem redest du?« Josh runzelte irritiert die Stirn.

»Na, von Cathy Allister. Heute ist doch Freitag. Sie hat gerade bei uns eingecheckt.«

Jetzt fiel der Groschen bei ihm. Sein Freund sprach von der Bewerberin für die Bank. *Nicht schon wieder!*

Genervt rollte Josh mit den Augen. »Rufst du mich jetzt immer an, wenn ihr neue Gäste bekommt?«, fragte er sarkastisch. »Blödmann«, schoss Roy zurück. »Komm heute Abend bei uns vorbei, sie wird dir gefallen, glaub mir.«

»Tatsächlich?«

Er verdrehte erneut die Augen. »Ach, ich vergaß, sie ist ja vielleicht Diejenige, auf die ich seit Jahren warte.« »Pack deinen verdammten Sarkasmus weg!«, schnauzte Roy daraufhin hörbar verärgert. »Ich meine es ernst, Josh. Cathy ist eine sympathische Frau und hübsch obendrein. Schokobraune Lockenmähne, große grüne Augen.«

Moment.

Josh richtete sich überrascht auf.

Die Beschreibung passte exakt zu der Fahrerin eines Leihwagens, der er vor nur wenigen Minuten spontan zugewinkt hatte. Er war selber überrascht darüber gewesen, denn eigentlich tat er so etwas bei fremden Frauen nie. Sie reagierte zuerst verblüfft, erinnerte er sich, doch dann hatte sie zurückgewinkt; mit einem süßen, verlegenen Lächeln und wenn er ehrlich war, hatte sie tatsächlich ungemein sympathisch gewirkt. Das musste er Roy nicht unter die Nase reiben, aber sein Interesse war jetzt geweckt.

Allerdings gab es ein Problem.

»Okay, klingt durchaus ansprechend«, erklärte er betont lässig. »Stellt sich bloß die Frage, ob sie den Job bekommt. Ich meine, ein Kennenlernen hätte wenig Sinn, wenn nicht, oder?«

»Hm, da hast du Recht.«

Sein bester Freund schwieg eine Weile, dann sagte er bedächtig:

»Ich mache dir einen Vorschlag. Wenn sie nachher von Ed zurückkommt, wissen wir mehr. Cathy ist intelligent, sie wird ihre Chancen bestimmt realistisch einschätzen. Wenn sie denkt, es könnte klappen, ruf ich dich nochmal an und du kommst später vorbei. Völlig überraschend natürlich, verstehst du? Mel weiß nichts von diesem Gespräch.«

»Verstanden.« Josh lachte leise. »Bis nachher, eventuell.«

Er legte den Hörer auf und biss sich auf die Unterlippe. In seinem Bauch kribbelte es; ein Gefühl, das er seit Jahren nicht mehr gespürt hatte.

»Verdammt, Ellen! Wie oft soll ich es dir noch sagen? Lass mich in Ruhe!!«

Die wütende Stimme von Mick vertrieb das Kribbeln schlagartig wieder. »Scheiße«, fluchte Josh halblaut.

Rasch flitzte er aus dem Büro in die Werkstatthalle und erblickte seinen Bruder, der wutschnaubend auf seine letzte Affäre zu stapfte. Mick hatte sie vor zwei Wochen abserviert, die üppige Blondine wollte das jedoch nicht akzeptieren. Sie tauchte in regelmäßigen Abständen hier auf und machte ihm jedes Mal eine Szene.

»Verpiss dich!«, brüllte Mick jetzt und schubste Ellen so heftig gegen die Wand, dass sie angstvoll aufschrie.

»Mick!«, rief Josh schneidend. »Das geht zu weit!«

Er packte seinen Bruder grob an den Schultern, zog ihn einige Meter rückwärts und drückte ihn auf einen Hocker hinunter. »Rühr dich nicht vom Fleck«, zischte er dabei. Dann wandte er sich Ellen zu, die mit weit aufgerissenen Augen immer noch an der Wand stand. Ihr Gesicht war kreidebleich. Josh straffte die Schultern. Bei allem Mitgefühl, ihm reichte es. Die Frau hatte genug Ärger gemacht.

»Jetzt hör mir mal gut zu«, sagte er so ruhig es ihm möglich war und fixierte sie streng. »Es tut mir leid, dass dich eure Trennung schmerzt. Wie ich Mick kenne, hat er dir jedoch von Vornherein klipp und klar gesagt, dass du nicht mehr als eine kurzzeitige Affäre mit ihm erwarten darfst. Richtig?«

Ellen nickte zögerlich. »Ja, aber … «

»Kein Aber«, unterbrach Josh sie nachdrücklich. »Akzeptiere, dass es vorbei ist und halte dich künftig fern von hier. Du hast ab sofort offiziell Hausverbot bei uns. Solltest du noch einmal diese Werkstatt oder auch nur unser Grundstück betreten, rufe ich den Chief. Habe ich mich klar ausgedrückt?«

Anscheinend hatte er das, denn Ellen wirkte plötzlich kleinlaut und trat wortlos den Rückzug an.

Josh atmete tief durch, nachdem sie verschwunden war.

»Danke, Mann.« Hinter ihm stieß Mick einen erleichterten Seufzer aus. »Du hast was gut bei mir.« »Ach, ja?«

Josh drehte sich um und starrte ihn aufgebracht an. Er liebte seinen Bruder, aber dessen gefühlloser, egoistischer Umgang mit Frauen war ihm unbegreiflich.

»Dann tue mir einen Gefallen«, sagte er brüsk. »Hör endlich auf damit, von einem Bett ins nächste zu steigen.«

»Das ist leider zu viel verlangt.«

Mick streckte sich genüsslich, fasste sich an den Schritt und grinste dreckig. »Dafür lieben die Frauen meinen Schwanz zu sehr und er liebt die Frauen.« »Mit Liebe hat das gar nichts zu tun«, entgegnete Josh scharf und wandte sich schleunigst ab, ehe er dem mächtigen Drang nachgab, seinem sexistischen Bruder eine reinzuhauen. Es hätte eh nichts geändert.

Während er zurück ins Büro ging, dachte er daran, wie entgeistert der damals 22-jährige Mick reagiert hatte, als er ihm eröffnete, dass Sandra und er heiraten wollten.

»Bist du verrückt geworden? Da draußen laufen Millionen bereitwillige heiße Frauen herum und du willst für den Rest deines Lebens nur noch ein und dieselbe vögeln?«

Josh hatte all die Jahre seither gehofft, sein Bruder würde irgendwann den Unterschied zwischen Sex und Liebe begreifen. Bislang vergeblich, und in Momenten wie diesem fürchtete er, es kam nie dazu.

Das deprimierte ihn zutiefst, zumal Mick viel mehr zu bieten hatte, als nur sein bestes Stück. Er war humorvoll, fleißig, hilfsbereit und konnte phantastisch mit Kindern umgehen. Jordan war sein größter Fan. Bestimmt wäre er ein toller Vater, doch leider wollte Mick eigene Kinder ebenso wenig wie eine Beziehung. Er zog es vor, seinen Samen in unzählige Kondome zu verströmen. Bei unzähligen Frauen, an denen ihm nichts lag.

Es war zum Heulen.

Josh setzte sich an den Schreibtisch und widmete sich wieder dem Schriftverkehr.

Er konnte sich jedoch nur schlecht konzentrieren. Die hässliche Szene zwischen Ellen und Mick ging ihm nicht aus dem Kopf.

Außerdem war da ja noch die reizvolle Geschichte mit Cathy Allister. Das Kribbeln in seinem Bauch kehrte zurück. Roy hatte nicht erwähnt, um welche Uhrzeit ihr Gespräch mit Ed stattfinden würde. Josh drückte ihr jedenfalls fest die Daumen, denn, das gab er offen zu, er würde diese Frau wirklich gern kennen lernen.

»Haben Sie noch weitere Fragen, Mrs. Allister?«

Edward Morris sah sie aufmerksam an. »Falls nicht, zeige ich Ihnen jetzt die Räumlichkeiten, stelle Sie den Kolleginnen vor und danach setzen wir den Vertrag auf.«

»Vertrag?«

Cathy stockte der Atem. Hieß das etwa …?

»Ja«, sagte der weißhaarige Bankdirektor lächelnd. »Sie haben den Job. Oder benötigen Sie noch Bedenkzeit?«

»Nein, nein, auf keinen Fall«, entgegnete sie schnell und bemühte sich, ihn nicht allzu sehr anzustrahlen. Ihr Herz klopfte wie verrückt. »Ich bin nur erstaunt, weil ich nicht mit einer sofortigen Entscheidung gerechnet habe.«

Das Gespräch war zwar durchaus positiv verlaufen.

Mr. Morris hatte sich beeindruckt von ihren Zeugnissen und ihren erworbenen Zusatzqualifikationen gezeigt. Nach einigen Fachfragen, die sie mühelos beantworten konnte, wollte er wissen, weshalb sie sich auf eine Stelle so weit entfernt von ihrer Heimatstadt beworben habe. Cathy erklärte ihm, dass sie schon lange den Wunsch hege, aufs Land zu ziehen und erwähnte nebenbei, wie sehr es sie freue, Melanie hier überraschend wiedergetroffen zu haben.

»Wir waren gemeinsam auf dem College.«

Das war ein Volltreffer gewesen.

Mr. Morris explodierte danach geradezu vor Herzlichkeit. Offenbar konnte er Melanie gut leiden. Als Cathy dann noch Roys Rat befolgte und ihn auf seine Enkel ansprach, hatte sie an seiner begeisterten Reaktion erkannt, dass ihre Chancen gutstanden.

Dennoch, niemals hätte sie damit gerechnet, dass der Bankdirektor ihr eine direkte Zusage geben würde.

»Ach wissen Sie, ich bin kein Freund vom Drumherum reden«, meinte dieser jetzt. »Wenn Sie mich nicht überzeugt hätten, hätte ich Ihnen das auch gleich gesagt.« Er umrundete den Schreibtisch und ging zur Türe. »Kommen Sie.«

Dreißig Minuten später verließ Cathy euphorisch das Bankgebäude. In ihrer Handtasche steckte der neue Arbeitsvertrag und am liebsten hätte sie laut geschrien vor Glück. Sie hatte es geschafft!

Nun musste sie nur noch die dreiwöchige Kündigungsfrist überstehen, dann konnte sie ihrem cholerischen Chef samt Toronto für immer Lebwohl sagen und in Swan River ein neues Leben beginnen. Mel und Roy halfen ihr bestimmt bei der Suche nach einer Wohnung. Das Gehalt war zwar niedriger als ihr bisheriges, doch es würde ausreichen. Die Mieten hier waren garantiert günstiger als in der Großstadt. Und lieber einige Dollar weniger auf dem Konto, aber dafür einen freundlichen Chef. Ihre neuen Kolleginnen hatten ebenfalls einen netten Eindruck gemacht. In Zukunft würde sie wieder gern arbeiten gehen.

Mit einem glücklichen Seufzer stieg Cathy in den Leihwagen und fuhr zurück ins Hotel.

»Und, wie lief es?«

Roy blickte ihr von der Rezeption gespannt entgegen.

»Ausgezeichnet.« Sie zog den Vertrag aus der Handtasche und schwenkte ihn freudestrahlend hin und her. »Ich habe die Stelle. Am 18. Juli fange ich an.«

»Wow, phantastisch, Cathy. Gratuliere!«

Er kam zu ihr und umarmte sie mit einer Selbstverständlichkeit, als wären sie schon ewig befreundet. »Das musst du gleich Mel erzählen. Sie ist mit Peyton daheim; das zweite Haus links vom Hotel«, erklärte er eifrig. »Ich muss noch bis Fünf arbeiten, dann löst mich mein Bruder Andrew ab und wir feiern deinen neuen Job ein bisschen, okay?«

Cathy nickte stumm, erneut überwältigt von seiner liebenswürdigen Art. Kein Wunder hatte Melanie sich in ihn verliebt.

»Also, bis nachher.« Roy zwinkerte ihr zu und lief ins Restaurant.

Cathy hingegen eilte hoch in ihr Zimmer. Dort tauschte sie geschwind den schicken Rock und die weiße Bluse gegen bequeme Jeans und T-Shirt und machte sich auf den Weg zu Mel.

»Oh, mein Gott! Das ist wundervoll, Cathy!«

Ihre Schulfreundin reagierte ebenso begeistert wie Roy. »Komm rein.«

Da Peyton im Wohnzimmer schlief, setzten sie sich in die Küche. Melanie kochte Tee und stellte Kekse auf den Tisch.

»Selbstverständlich helfen wir dir«, sagte sie resolut, als Cathy sie wegen der Wohnungsfrage ansprach. »Sei unbesorgt. Wir werden problemlos eine finden. Wenn sich erst herumspricht, dass wir für Eds neue Angestellte eine Bleibe suchen, flattern schnell Angebote ein.«

»Angebote? Im Ernst?«

Cathy starrte sie verblüfft an. »Ja, so läuft das hier. Man kennt sich, man hilft sich.« Mel grinste verschmitzt. »Willkommen in der Kleinstadt.«

Sie hatte gerade zu Ende gesprochen, da brüllte Peyton nebenan los. »Oha, Hungeralarm.«

Melanie wickelte die Kleine rasch und legte sie danach an die Brust.

Cathy beobachtete das hungrig saugende Baby gerührt. Ihre Augen brannten dabei, genau wie heute Mittag.

»Wie ich dich um sie beneide, Mel«, brach es nach einer Weile aus ihr heraus. »Ich hätte auch so gern ein Kind.«

»Das kann ich verstehen.«

Ihre Schulfreundin lächelte mitfühlend, nahm Peyton hoch und klopfte sachte auf deren Rücken, bis die Kleine ein Bäuerchen machte. »Möchtest du sie mal halten?«, fragte sie dann zu Cathys großer Freude.

»Ja, oh ja, gern.«

Cathy strahlte und nahm das kleine Wesen behutsam auf den Arm. Hingerissen schaute sie hinunter in das winzige

Gesicht, aus dem zwei dunkle Augen sie neugierig betrachteten. »Sie ist so süß.«

»Erzähl mir von deiner Ehe«, bat Mel sie unvermittelt. »Was ist schiefgelaufen?«

»Alles«, entgegnete Cathy knapp und berichtete von ihrer kurzen Ehe mit Brad.

Ihr Exmann war ein Blender gewesen. Gutaussehend, aber verlogen und arbeitsscheu. Leider hatte er sein wahres Ich erst nach der Hochzeit gezeigt. »Es war sehr schmerzhaft, als ich herausfand, dass er ganz und gar nicht der Mann war, für den ich ihn gehalten habe.« Sie zuckte beiläufig mit den Schultern. »Aber das ist Vergangenheit. Heute bin ich heilfroh, dass ich ihn los bin.«

»Hattest du seither noch mal eine Beziehung?«, wollte Melanie wissen.

»Leider nein.« Cathy seufzte und streichelte Peyton über die rosige Wange. »Ab und zu ein Date, doch es passte einfach nie.«

»Nun, möglicherweise findest du ja hier dein Glück, so wie ich«, meinte Mel aufmunternd. »Es gibt einige nette Junggesellen in der Stadt. Der Sohn des Bürgermeisters zum Beispiel. Patrick ist witzig und immer gut drauf. Josh, der beste Freund von Roy, wäre eventuell auch ein Kandidat. Ein zurückhaltender Typ, aber ein echt feiner Kerl. Er ist verwitwet und hat einen Sohn. Und einen furchtbaren Bruder, vor dem ich dich eindringlich warne«, fuhr Melanie naserümpfend fort. »Mick besitzt unbestritten ein paar gute Eigenschaften, ist jedoch der größte Sexist und Frauenheld auf Erden. Robert Jenkins hingegen … «

»Mel, bitte«, unterbrach Cathy lachend ihren Redeschwall. »Dein Eifer in Ehren, lass mich doch erst mal herziehen und mich in Ruhe eingewöhnen. Dann darfst du mir gern den ein oder anderen Mann vorstellen.« »Du hast Recht, entschuldige«, sagte Melanie und lachte ebenfalls. Danach redeten sie von früher und ehe sie sich versahen, war es fünf Uhr und Roy kam nach Hause.

»Hallo, meine Hübschen.«

Er küsste Mel und Peyton zärtlich. »Ich schlage vor, wir werfen ein paar Steaks auf den Grill zur Feier des Tages. Machst du einen Salat, Darling? Für den Nachtisch ist schon gesorgt. Matt bringt uns nachher eine Schüssel Schokoladenmousse rüber.«

Roy wandte sich an Cathy.

»Matt ist mein älterer Bruder, der Küchenchef unseres Restaurants«, erklärte er. »Erschreck dich nicht, wenn du ihn siehst. Er ist als junger Mann in eine Messerstecherei geraten und hat einige üble Narben im Gesicht davongetragen.« »Das tut mir leid,« erwiderte Cathy beklommen und begriff jäh, dass es auch in dieser scheinbar so perfekten Familienidylle Kummer und Leid gab. Der in ihr immer noch leicht schwelende Neid löste sich in Luft auf.

Eine Stunde später saßen sie zu dritt draußen auf der Terrasse am Tisch und unterhielten sich angeregt, während sie aßen. Peyton schlief wieder, in einer Kinderwippe im Schatten eines großen Busches. Auf einmal klingelte es.

»Das wird Matt sein.«

Roy sprang auf und spurtete ins Haus. Gleich darauf hörten die beiden Frauen ihn ausrufen: »Hey, das ist ja eine Überraschung! Schön, dich zu sehen. Komm rein.«

»Oh, das ist anscheinend nicht mein Schwager.«

Mel sah neugierig zur Terrassentüre.

Cathy ebenfalls und riss überrascht die Augen auf, als sie den Besucher erblickte, der nun neben Roy heraustrat.

Im Gegensatz zu heute Mittag trug er jetzt ausgebleichte Jeans und ein weißes Poloshirt, doch sie erkannte ihn sofort wieder. Es war der blonde Automechaniker mit den blauen Augen, der ihr zugewinkt hatte.

Kapitel 4

Bis zu dem Moment, da er die Terrasse betrat, war Josh zugegeben etwas nervös gewesen, nichtsdestotrotz aber überzeugt davon, die Begegnung mit Cathy Allister souverän durchzustehen. Ein freundliches Hallo, lockerer Smalltalk. Alles kein Problem, hatte er gedacht.

Welch ein Irrtum.

Schlagartig wurde ihm klar, dass dies nicht so leicht werden würde, denn ihr Anblick überwältigte ihn. Heute Mittag hatte er ja lediglich ihr hübsches Gesicht gesehen, aus einigen Metern Entfernung. Nun sah er jedoch alles von ihr und ihre kurvenreiche, sexy Figur raubte ihm den Atem. Roy hatte nicht übertrieben. Cathy gefiel ihm, und wie.

Ebenso gefiel ihm ihre offenkundige Überraschung. Sie hatte ihn wiedererkannt. Das war toll!

Nein, war es nicht.

Josh geriet jäh in Panik. Verdammt! Was, wenn sie sein Winken erwähnte? Roy würde ihn in der Luft zerreißen, weil er ihm das verschwiegen hatte. Er sollte verschwinden, und zwar sofort. »Oh, ihr habt Besuch, da gehe ich besser wieder,« sagte er stockend und machte zwei Schritte rückwärts. »Ich möchte nicht stören.«

»Blödsinn.«

Roy drehte sich zu ihm um. Seine dunklen Augen blitzten warnend. *Sei kein Feigling!* »Du bleibst.« Er packte Josh an der linken Schulter und zog ihn energisch zum Tisch.

»Selbstverständlich bleibt er. Hallo, Josh.«

Mel erhob sich und umarmte ihn. »Du kommst genau richtig, denn wir feiern etwas Besonderes«, erklärte sie gut gelaunt. »Dies ist Cathy Allister, eine ehemalige Schulfreundin von mir. Sie hatte sich auf den Job in der Bank beworben und ihn bekommen! Am 18 Juli fängt sie an.« Melanie lächelte strahlend. »Ist das nicht phantastisch?«

»Wow, ja, das ist wirklich toll.«

Josh tat beeindruckt, obwohl sie ihm nichts Neues erzählte. Roy hatte ihn umgehend informiert, nachdem Cathy ins Hotel zurückgekehrt war. Sein Freund hüstelte nun belustigt und sagte dann:

»Cathy, darf ich dir meinen besten Freund Josh Railey vorstellen? Ihm und seinem Bruder gehört die große Auto-Werkstatt an der Main Street. Du bist daran vorbeigefahren auf dem Weg zu uns.« »Ja, ich erinnere mich.«

Cathy stand nun auch auf, ein leichtes Schmunzeln auf dem Gesicht, und Josh ahnte Böses.

Herr im Himmel, bitte lass sie es verschweigen.

Offenbar hatte Gott Mitleid mit ihm, denn sein Stoßgebet wurde erhört.

»Schön, dich kennen zu lernen, Josh«, sagte sie bloß und reichte ihm mit einem herzlichen Lächeln die Hand. »Gleichfalls«, erwiderte er heiser. »Und meinen Glückwunsch zum neuen Job.«

»Danke.« Ihr Lächeln verstärkte sich, verursachte feine Fältchen um ihre grünen Augen, die ihn aufmerksam musterten. Ob er ihr ebenso gefiel wie sie ihm?

Josh hoffte es.

»Nimm Platz«, bat Mel ihn nun fröhlich. »Ich hole rasch einen Teller für dich. Möchtest du auch ein Bier?«

»Ja, gern.«

Er lächelte ihr dankbar zu und setzte sich Cathy gegenüber an den Tisch.

»Willst du noch ein Steak?«, fragte Roy sie, wartete ihre Antwort jedoch nicht ab, sondern legte ihr einfach eines auf den Teller.

»Eigentlich müsste ich aufhören. Zumindest, wenn es nach meiner Waage geht.«

Cathy krauste seufzend ihre Nase, auf der sich einige Sommersprossen tummelten, wie Josh erst jetzt bemerkte. »Aber ich fürchte, ich kann mich nicht beherrschen«, ergänzte sie verlegen lächelnd und griff nach ihrem Besteck. »Es schmeckt zu lecker.«

»Warum denken so viele Frauen, sie seien zu dick, obwohl es nicht stimmt?« Roy schüttelte den Kopf. »Das ist mir bis heute schleierhaft.« Er blickte Josh an und zwinkerte unmerklich. »War Sandra auch so?«

Josh kapierte sofort, was sein Freund mit dieser Frage bezweckte. Roy, der die Antwort natürlich kannte, spielte ihm absichtlich den Ball zu, damit Cathy erfuhr, dass sie genau der Typ Frau war, der ihm gefiel. Ausgesprochen clever.

Danke, Roy.

»Nein, gar nicht. Das lag sicher auch daran, weil sie wusste, wie sehr ich ihre Kurven liebte«, antwortete Josh ihm und fügte für Cathy erklärend hinzu: »Sandra war meine Frau. Sie starb vor zehn Jahren an Krebs.« Zu seiner Verwunderung schaute sie nicht erschrocken drein bei dieser Mitteilung, sondern entgegnete in nüchternem Tonfall: »Ja, Mel hat mir bereits erzählt, dass du verwitwet bist. Das muss schwer für dich gewesen sein. Wie alt war dein Sohn damals?«

»Äh, zwei.«

Josh war verblüfft. Roy offensichtlich auch, da er hörbar erstaunt nachfragte: »Meine Frau hat dir von Josh erzählt?« »Von ihm und einigen anderen, ja«, bestätigte Melanie selber, die jetzt wiederkam. Sie stellte einen Teller und das Bier vor Josh und setzte sich zu ihnen. »Ich dachte, wenn sie ein paar Leute schon vom Hörensagen kennt, erleichtert ihr das die Eingewöhnung.«

Aus irgendeinem Grund schmunzelte Cathy bei diesen Worten amüsiert.

Verdutzt fragte sich Josh, wieso, da lachte Roy trocken und sagte:

»Eine gute Idee, Darling. Cathy, wie wäre es, wenn du uns nun ein bisschen über dich erzählst. Ich weiß bislang nur, dass du geschieden und Single bist.«

Wieso er das erwähnte, war klar. Offiziell hatte Josh diese Information ja noch nicht. Sein Freund war echt gut.

»Mich interessiert zum Beispiel, wie du auf die Idee gekommen bist, dich ausgerechnet nach Swan River zu bewerben«, sprach Roy weiter. »Oder welche Hobbys du hast.«

»Ich lese viel, hauptsächlich Krimis, höre gern Musik und gehe ab und zu schwimmen.« Cathy nippte an ihrem Bier.

Josh trank ebenfalls einen Schluck und hörte gefesselt zu, als sie jetzt zunächst von ihrem cholerischen Chef berichtete, danach offen über die Sinnkrise an ihrem 30. Geburtstag redete, die letztendlich der Anstoß gewesen war, ihr Leben zu ändern. »Da ich schon immer von einem Leben auf dem Land geträumt habe, habe ich mich ausschließlich bei Filialen in Kleinstädten beworben. Und voila, hier bin ich. In Swan River.«

Sie lachte beschwingt und fuhr mit beiden Händen durch ihre dunkelbraune Lockenmähne. Eine harmlose, unbewusste Geste, die Josh nichtsdestotrotz erregte. Wie heute Mittag verspürte er ein heftiges Kribbeln; diesmal allerdings nicht im Bauch, sondern eine Etage tiefer. Er umklammerte sein Besteck fester und lenkte sich schleunigst mit einem Stück Steak ab.

Im nächsten Augenblick heulte Peyton, die bislang friedlich in ihrer Wippe geschlafen hatte, auf. Zeitgleich ertönte die Hausklingel.

»Das wird jetzt aber bestimmt Matt sein.«

Mel sprang auf und lief ins Haus. Roy schlenderte derweil zu seiner Tochter und beruhigte sie mit dem Schnuller.

Cathy beobachtete ihn dabei. Ein zärtliches, sehnsüchtiges Lächeln umspielte ihren Mund.

»Die Kleine ist zu süß«, meinte sie seufzend und wandte sich an Josh. »Wie heißt denn dein Sohn?« »Jordan«, erwiderte er mit rauer Stimme. Das wurde ja immer besser! Sympathisch, offen, verdammt sexy, und kinderlieb war sie eindeutig auch.

Gleich darauf stellte er fest, dass Cathy Allister darüber hinaus keinerlei Berührungsängste gegenüber Menschen hatte, die »anders« waren. Sie zuckte nicht mit der Wimper, als Roy ihr seinen Bruder vorstellte, der ihnen eine Schüssel Schokoladenmousse gebracht hatte.

Das war außergewöhnlich. Fremde reagierten meist schockiert, wenn sie das erste Mal auf Matt Brewster trafen. Cathy schien die schrecklichen Narben in dessen Gesicht jedoch überhaupt nicht wahrzunehmen. Sie lächelte und plauderte charmant mit ihm. Kein Wunder starrte Matt sie hingerissen an.

Was ihm, Josh, zugegeben überhaupt nicht passte. Er atmete erleichtert auf, als Matt nach einer knappen Viertelstunde wieder verschwand.

Leider musste er selber wenig später ebenfalls aufbrechen. Er hatte seinem Sohn ein Versprechen gegeben und das hielt er ein, auch es ihm schwerfiel.

»Ich wäre liebend gern noch geblieben, aber ich muss nach Hause«, sagte er mit einem bedauernden Blick in Cathys Richtung, während er aufstand. »Jordan liegt seit heute Nachmittag mit hohem Fieber im Bett und ich habe ihm versprochen, nicht lange weg zu bleiben.«

Roy, der schon Bescheid wusste, nickte bloß, doch Mel rief erschrocken:

»Oje, der arme Junge! Hoffentlich wird er rasch wieder gesund.«

»Das hoffe ich auch«, sagte Cathy sanft. »Ich freue mich schon darauf, ihn kennen zu lernen.«

Hatte sie das gerade wirklich gesagt?

Josh starrte sie beinahe ungläubig an. »Äh, das ist nett von dir. Er wird sich bestimmt auch freuen«, entgegnete er stockend, räusperte sich und lächelte ihr etwas verlegen zu. »Also dann, bis bald, Cathy.« »Auf Wiedersehen, Josh.«

Roy begleitete ihn hinaus.

»Na, habe ich zu viel versprochen, mein Freund?«, fragte er leise, als sie an der Haustüre standen. »Nein, sie ist groß-artig«, stimmte Josh begeistert zu. »Ich bin hin und weg von ihr.«

»Dann halt dich ran.« Roy blickte auf einmal sehr ernst drein. »Bevor Mick sie sich womöglich schnappt.«

Josh erstarrte.

Verdammt, sein Bruder! An den hatte er noch gar nicht gedacht. Roy hatte Recht. Mick würde sich fraglos sofort auf die Jagd begeben, sobald er Cathy sah. Sie schien zwar nicht der Typ für belanglose Sex-Affären, aber der »Bad Boy« konnte sehr überzeugend sein und erreichte für gewöhnlich sein Ziel. Und nach wenigen Wochen, wenn er genug von ihr hätte, würde er Cathy abschießen. Wie all die unzähligen anderen Frauen zuvor.

Nein, das lasse ich nicht zu.

Josh straffte die Schultern. »Mach dir keine Sorgen«, sagte er mit grimmig entschlossener Miene zu Roy. »Ich werde schneller sein, als er.«

Kapitel 5

»Alles Gute für Sie, Mrs. Allister.«

Ihr Chef reichte Cathy zum Abschied die Hand. Zu ihrer größten Überraschung rang der Choleriker sich sogar ein klitzekleines Lächeln ab.

»Danke, Ihnen auch.«

Cathy lächelte distanziert und verließ kurz darauf das Bankgebäude in Torontos Innenstadt zum allerletzten Mal. Als sie im Parkhaus in ihren Wagen stieg, stieß sie einen lauten Jubelschrei aus. Nur noch eine Nacht, dann hieß es für sie: Auf nach Swan River!

Die Wochen seit ihrer Rückkehr von dort waren rasant verflogen.

Melanie, mit der sie regelmäßig telefonierte, hatte wie prophezeit rasch eine Wohnung für sie gefunden. Im Haus von Mrs. Johnson, der Leiterin der Bibliothek; laut Mel eine freundliche, ältere Dame. »Sie ist begeistert darüber, dass du gerne liest.«

Cathy war ebenfalls begeistert. Eine Bibliothekarin als Vermieterin! Gewiss würden sie sich gut verstehen. Sie freute sich jedoch noch aus einem anderen Grund. Das Haus von Mrs. Johnson stand nämlich genau gegenüber der Werkstatt der Gebrüder Railey. Folglich würde sie Josh bestimmt häufig begegnen.

Ein bestrickender Gedanke, denn der blonde Automechaniker hatte ihr auf Anhieb gefallen. Er sah gut aus und schien echt ein feiner Kerl zu sein. Sein ernstes Gesicht strahlte männliches Selbstbewusstsein aus und in seinen blauen Augen hatte sie deutliches Interesse an ihr gesehen. Dennoch war er, wie Mel bereits erwähnt hatte, sehr zurückhaltend gewesen. Ein Mann, der nicht direkt losflirtete oder damit prahlte, was für ein toller Typ er sei. Das war eine neue, angenehme Erfahrung für Cathy.

Davon abgesehen besaß Josh Railey weitere, positive Eigenschaften, die ihr gefielen.

Er hatte eine eigene Werkstatt, war also fleißig.

Erster Pluspunkt.

Ein fürsorglicher, verantwortungsvoller Vater war er auch. Zweiter Pluspunkt.

Ob er noch mehr Kinder haben wollte, wusste sie freilich nicht. Immerhin war sein Sohn bereits zwölf Jahre alt. Trotzdem schätzte Cathy ihn so ein, dass er keineswegs abgeneigt wäre. Sie hatte aufmerksam registriert, wie Josh die schlafende Peyton mehrfach wehmütig lächelnd angeblickt hatte.

Das Allerbeste war jedoch sein Faible für kurvige Frauen.

Riesengroßer, dritter Pluspunkt!

Fast zu schön, um wahr zu sein. Bei ihm müsste sie keine Angst haben, dass er abfällige Bemerkungen über ihre Figur machen würde, wie Brad es oft getan hatte.

Natürlich war es viel zu früh, an eine Beziehung mit Josh auch nur zu denken, das war Cathy klar. Zunächst musste sie sich in Swan River einleben und auf ihre neue Stelle konzentrieren. Aber sie freute sich sehr darauf, ihn wiederzusehen.

Am Samstagfrüh brachte Cathy ihren Wagen zum Bahnhof. Er würde mit dem Autozug nach Swan River reisen. Ihr gesamter Hausrat war bereits seit Tagen dort. Melanie hatte die Spediteure beaufsichtigt, damit ihre neue Wohnung genau nach ihren Vorgaben eingerichtet wurde.

Mangels Bett hatte Cathy die letzten Nächte auf einer Matratze geschlafen, die ihr ein Nachbar geliehen hatte. Es war unbequem gewesen, doch das spielte nun keine Rolle mehr. Sie war unterwegs in ihr neues Leben.

Frohgemut bestieg sie eineinhalb Stunden später den Flieger nach Winnipeg, wechselte dort in eine kleinere Maschine und landete nach weiteren 50 Minuten in Swan River.

»Herzlich willkommen.«

Melanie umarmte sie freudestrahlend.

»Danke.« Auch Cathy strahlte über das ganze Gesicht. »Ich kann es noch gar nicht richtig fassen, hier zu sein.«

Auf der Fahrt plauderten sie fröhlich miteinander. Als sie sich der Innenstadt näherten, bemerkte Cathy vermehrt neugierige Blicke von Fußgängern und entgegenkommenden Autofahrern. Zum Glück hatte Mel sie vorgewarnt.

Neuankömmlinge wurden in Swan River genau unter die Lupe genommen, und auf Cathy seien die Leute besonders neugierig, hatte sie bei ihrem letzten Telefonat gesagt.

»Wieso das denn?«, fragte Cathy verdutzt.

»Weil die Leute hier so ticken«, entgegnete Melanie lachend. »Ich erkläre es dir: Du bist eine Schulfreundin von mir, die allseits beliebte Mrs. Johnson hat dir eine Wohnung vermietet, obwohl sie dich noch nie gesehen hat und du hast einen Job beim kritischen Bankdirektor ergattert. Demnach musst du eine liebenswerte, vertrauenswürdige, kluge Frau sein. Man kann es also kaum erwarten, dich kennen zu lernen.«

Nach dem Telefonat hatte Cathy bei sich gedacht, Mel übertreibe maßlos, doch nun sah sie ein, dass ihre Freundin offensichtlich die Wahrheit gesagt hatte.

An der nächsten roten Ampel glotzten zwei dicke Frauen, die erkennbar miteinander verwandt waren, sie unverhohlen an.

»Veronica Weston und ihre Tochter Mandy, die größten Klatschbasen der Stadt. Lächle einfach«, raunte Melanie. Cathy zwang sich zu einem herzlichen Lächeln, das jedoch nicht erwidert wurde. »Ich schätze, die beiden sind nicht sonderlich beliebt hier«, sagte sie, nachdem Mel weitergefahren war. »Völlig richtig.« Ihre Freundin schnaubte. »Sie sind schrecklich. Was immer sie dir erzählen, glaub bloß nicht alles.«

»Danke für die Warnung.«

Cathy lachte.

Gleich darauf begann es in ihrem Magen zu kribbeln, denn sie bogen in die Main Street ein und die Autowerkstatt kam in Sichtweite. Sie war jetzt, samstagnachmittags, natürlich geschlossen. Trotzdem stand Cathy sofort das Bild vor Augen, wie Josh ihr, einer Wildfremden, lächelnd zugewinkt hatte. Das war so nett von ihm gewesen.

Ob er ab und zu an sie gedacht hatte in den vergangenen Wochen? Sie hoffte es.

Das Haus von Mrs. Johnson war in einem zarten Gelbton gestrichen.

Ihre neue Vermieterin hatte bereits die Türe geöffnet und begrüßte sie und Melanie herzlich.

»Willkommen in unserer Stadt, Mrs. Allister.«

»Danke, Mrs. Johnson.«

Die zierliche Dame mit den kurzen grauen Haaren war Cathy sofort sympathisch. »Vor allem dafür, dass Sie das Risiko eingegangen sind, an eine Unbekannte zu vermieten.«

»Ach, Sie sind doch eine Freundin von Mel, da hatte ich keinerlei Bedenken«, erwiderte sie heiter. »Bitte treten Sie ein.«

Ihre Wohnung befand sich im Obergeschoss und war hell und geräumig. Vom Wohnzimmer aus sah man in den blumenreichen Garten hinterm Haus. Cathy war hingerissen. Welch ein Unterschied zu Toronto!

Als sie die Küche betraten, die zur Straße hin lag, entdeckte sie, dass Mrs. Johnson einen großen Strauß auf den Tisch gestellt hatte. »Wie nett von Ihnen«, sagte sie gerührt.

»Gern geschehen.«

Die Vermieterin überreichte ihr die Hausschlüssel. »Wenn Sie Fragen oder einfach Lust auf einen Plausch haben, dürfen Sie jederzeit bei mir klingeln. Davon abgesehen, hoffe ich, Sie demnächst in der Bibliothek begrüßen zu dürfen.« »Ich komme vorbei, sobald ich kann«, versprach Cathy.

Nachdem Mrs. Johnson fort war, fiel sie ihrer Freundin um den Hals.

»Du bist ein Engel, Melanie. Danke, danke für alles. Wie soll ich das je wiedergutmachen?« »Hör auf, das war doch selbstverständlich«, erwiderte Mel forsch. »So, ich muss jetzt leider auch los, wir sehen uns dann morgen Mittag.« Sie und Roy hatten Cathy zu einem Willkommen-Essen ins Hotelrestaurant eingeladen. »Ich wünsche dir schöne Träume für deine erste Nacht hier.«

Cathy schaute ihr vom Küchenfenster aus hinterher und blickte dann hinüber zur Autowerkstatt.

Träumen kann man auch tagsüber, Mel, dachte sie versonnen. In ihrem Magen begann es erneut zu kribbeln.

Was Josh wohl gerade tat?

Kapitel 6

»Ich bin weg, Dad.«

Josh, der im Vorgarten seines Hauses auf einer Liege lag, sah von der Fachzeitschrift auf, in die er vertieft war.

»Viel Spaß, aber denk daran: Neun Uhr«, sagte er und blickte Jordan streng an. »Keine Minute später.«

»Ja, ja, ich weiß«, maulte Jordan mit einem genervten Augenrollen, schwang sich auf sein Mountainbike und raste in halsbrecherischem Tempo davon, als sei er auf der Flucht. Bestimmt beklagte er sich gleich bei seinen Freunden, mit denen er zum Baseballspiel verabredet war, über seinen furchtbaren Dad.

Seufzend schaute Josh ihm hinterher.

Sein zwölfjähriger Sohn war in den vergangenen Wochen von einem umgänglichen Jungen zum ständig gereizten Teenager mutiert, der immer öfter seine Grenzen austestete. Jordan verspätete sich regelmäßig, räumte sein Zimmer nur nach mehrmaliger Aufforderung auf und im Haushalt mitzuhelfen, bislang eine Selbstverständlichkeit, war auf einmal unzumutbare Zwangsarbeit. Vorhin hatte er mit finsterer Märtyrermiene das Wohnzimmer gesaugt.

Josh wusste, dass dieses Verhalten völlig normal war. Er musste ja bloß an seine eigene Pubertät denken.

Doch bei allem Verständnis: er war frustriert, fühlte sich überfordert und reagierte dadurch seinerseits ebenfalls oft zu heftig, selbst bei Kleinigkeiten. Jordan und er lagen deshalb fast permanent im Clinch. Das zermürbte ihn. Mehr denn je sehnte er sich nach einer Partnerin, die ihn unterstützte; aus deren Liebe er Kraft schöpfen könnte.

Automatisch dachte er an Cathy Allister.

Sie lebte seit heute in Swan River.

Darüber sollte er sich eigentlich freuen. Größtenteils tat er das auch. Trotzdem war er beunruhigt.

Aus gutem Grund.

Vor zwei Wochen hatte Roy ihm mitgeteilt, dass Mel eine Wohnung für ihre Freundin gefunden hatte. »Bei Judith Johnson.«

»Was?« Josh war zuerst begeistert gewesen. »Das ist ja toll! Da werde ich Cathy bestimmt oft sehen.« »Tja, dein Bruder aber auch«, erwiderte Roy und dämpfte damit jäh seine Euphorie. Mick hatte zwar eine brandneue Affäre, doch was hieß das schon.

»Verdammt, du hast Recht«, fluchte Josh inbrünstig. »Cathy im Haus gegenüber, das ist, als präsentiere man einem Löwen sein nächstes Opfer auf dem Silbertablett.«

»So ist es.« Roy klang ernst. »Weißt du, ob er schon von ihr gehört hat? Die Leute reden ja viel über sie.« »Ich glaube nicht, sonst hätte er garantiert schon einen sexistischen Spruch ihretwegen losgelassen.« Josh lachte unfroh. »Du kennst ihn ja.« Sein Freund verkniff sich jeglichen Kommentar dazu und erwiderte bloß: »Dann bete mal, dass seine Affäre ihn lang genug in Atem hält, damit du erste Schritte unternehmen kannst, ehe er überhaupt mitkriegt, dass Cathy in der Stadt ist.«

Josh hatte gebetet, leider vergeblich.

Nur einen Tag später brachte Veronica Weston ihr Auto zur Inspektion und den Stadtklatsch über Cathy gleich mit. Sie posaunte sämtliche Einzelheiten aus. Josh hätte sie dafür lynchen können. Zu seiner größten Verwunderung sagte Mick jedoch keinen Ton dazu. Sein Bruder riss weder einen Spruch, noch erwähnte er Cathy jemals danach.

Das verblüffte und erleichterte Josh gleichermaßen. Wenn Mick auf ein neues potentielles Opfer in seinem Jagdrevier nicht einmal verbal reagierte, musste seine derzeitige Bettgefährtin außergewöhnlich heiß sein. Der Löwe war offenkundig satt. Welch ein Glück.

Doch Josh hatte sich zu früh gefreut.

Zu seinem Leidwesen hielt das Glück nicht lang genug an. Vor drei Tagen hatte die Frau die Affäre beendet. Das kam selten vor, meist war Mick derjenige, der Schluss machte. Entsprechend gereizt war sein Bruder und deshalb brandgefährlich. Ein hungriger Löwe auf der Lauer.

Ausgerechnet jetzt.

»So eine Scheiße.«

Josh schaute auf die Fachzeitschrift hinunter und schluckte hart.

Zum ersten Mal gestand er sich ein, was ihn am meisten an der Sache beunruhigte. Es war der Gedanke, sich in

Cathy Allister getäuscht zu haben. Vielleicht sprang sie nur allzu gern mit Mick ins Bett. Sollte sie das tun, wäre sie für alle Zeiten für ihn tabu, denn Josh würde niemals mit einer Ex-Affäre seines Bruders eine Beziehung eingehen.

Egal, wie attraktiv und anziehend sie war. Ein Mann hatte schließlich seinen Stolz.

Tu es nicht, Cathy. Bitte.

Am Abend eskalierte die Situation zwischen ihm und Jordan wieder einmal.

So heftig, wie nie zuvor.

Sein Sohn kam zwar pünktlich nach Hause, stank jedoch nach Zigarettenqualm. Als Josh ihn darauf ansprach, stritt er es nicht einmal ab, geraucht zu haben.

»Das machen doch alle«, meinte er mit aufmüpfiger Miene. »Es ist cool.«

»Nein, ist es nicht. Es ist bescheuert und vor allem ungesund.« Josh hatte alle Mühe, ruhig zu bleiben. »Gib mir die Zigaretten.« Er streckte befehlend die Hand aus.

»Ich habe keine eigenen, Steven teilt seine immer mit mir«, beteuerte Jordan, doch sein nervös flackernder Blick hin zu seinem Rucksack, der auf der Treppe lag, verriet ihn. Er log, eindeutig. Das brachte das Fass zum überlaufen.

»Ich kann nicht glauben, dass du mich derart dreist belügst!«, brüllte Josh wutentbrannt, gefährlich nah dran, seinen Sohn zu ohrfeigen. »Her mit den Zigaretten, sofort!«

»Ja, ja, Dad.«

Jordan war kreidebleich geworden.

Seine Unterlippe zitterte, als er die Schachtel aus dem Rucksack holte. Nun wirkte er nicht mehr wie ein cooler Teenager, sondern wie ein verängstigtes Kind, aber Josh dachte gar nicht daran, sich davon beeinflussen zu lassen.

»Du hast die nächsten vierzehn Tage Hausarrest«, sagte er mühsam beherrscht.

»Hausarrest?«, wiederholte Jordan entsetzt. »Aber Dad, es sind Ferien!«

»Das ist mir scheissegal.« Josh verschränkte die Arme und durchbohrte ihn mit eisigem Blick. »Ich bin tief enttäuscht von dir und jetzt geh auf dein Zimmer. Ich will dich heute nicht mehr sehen.«

Jordan öffnete den Mund, schloss ihn wieder, nahm seinen Rucksack und verschwand ohne ein weiteres Wort.

Josh ging in die Küche, warf die Zigarettenschachtel in den Mülleimer und sank auf einen der Stühle. »Verdammt.«

Er verbarg das Gesicht in den Händen. Die hässliche Szene hatte ihn fix und fertig gemacht.

Lange Zeit saß er reglos da. Bilder zogen vor seinem inneren Auge vorüber.

Schöne Bilder.

Jordan als Baby auf Sandras Arm. Seine ersten Laufversuche. Jordan am Tag der Einschulung; das kleine Gesicht angespannt und eifrig. Sein seliges Lächeln, als Josh ihm zu seinem zehnten Geburtstag das Mountainbike geschenkt hatte. Ein stets gut gelaunter, liebenswerter Junge, der abends vor dem Fernseher gern mit seinem Dad kuschelte.

Und nun diese furchtbare Verwandlung.

Sein Sohn motzte fast nur noch; er rauchte und log, und dem wütenden Schluchzen nach zu urteilen, das aus seinem Zimmer drang, hasste er ihn vermutlich in diesem Moment aus tiefstem Herzen.

Josh stöhnte unterdrückt auf.

Am liebsten hätte er auch geheult. Stattdessen stand er auf und tat, was ein verantwortungsvoller Vater tun musste.

Zuerst rief er bei Stevens Eltern an. Diese fielen aus allen Wolken, als sie vernahmen, dass ihr Sohn heimlich rauchte. Josh redete lange mit ihnen und fühlte sich danach etwas besser. Es war tröstlich, dass andere mit denselben Problemen zu kämpfen hatten wie er.

Er griff erneut zum Hörer, denn er musste mit seiner Mutter reden. Sie hatte ihn nach Sandras Tod tatkräftig unterstützt, war stets eingesprungen, wenn er Hilfe oder einen Babysitter brauchte.

Letzteres war seit Jahren unnötig, da Jordan längst genug war, um allein zu bleiben. Doch genau das durfte sein Sohn in den nächsten beiden Wochen keinesfalls. Josh traute ihm nicht mehr. Wäre weniger los gewesen in der Werkstatt, hätte er sich frei genommen, um ihn persönlich zu überwachen, aber Mick und er erstickten momentan in Arbeit. Deshalb benötigte er Hilfe.

»Dieser unverschämte Bengel.«

Margret Railey war, wie nicht anders zu erwarten erbost über die neueste Eskapade ihres Enkels.

»Selbstverständlich passe ich auf ihn auf und er wird sich wundern«, meinte sie grimmig. »Ich werde viele *nette* Aufgaben für ihn finden, bei denen er über sein Verhalten nachdenken kann.«

»Danke, Mum.«

Josh legte erleichtert auf.

Offenbar hatte Jordan in der Nacht schon nachgedacht, denn er entschuldigte sich sofort, als er am Sonntagfrüh die Küche betrat.

»Es tut mir leid, dass ich dich angelogen habe, Dad«, sagte er sichtlich zerknirscht. »Ich verspreche auch, nie mehr zu rauchen.« Er schluckte und fügte leiser hinzu: »Es hat sowieso scheußlich geschmeckt.«

»Ist also doch nicht so cool, was?«, bemerkte Josh ironisch.

Er war erfreut über die Einsicht, zeigte es jedoch nicht. »Ich nehme deine Entschuldigung an. Das ändert aber nichts am Hausarrest«, sagte er bestimmt. »Deine Großmutter wird ab morgen tagsüber hier sein, damit du nicht auf dumme Gedanken kommst.«

Sein Sohn verzog daraufhin missmutig das Gesicht, hielt klugerweise jedoch den Mund. Er setzte sich an den Tisch und machte sich über eine große Portion Cornflakes her.

»Dürfen wenigstens meine Freunde mich besuchen?«, fragte er nach einer Weile kleinlaut. Josh überlegte kurz und nickte dann. »Ja, unter der Voraussetzung, es kommen nicht mehr als zwei am Tag. Und wenn ihr Grandma nervt, werden die Besuche direkt gestrichen«, erklärte er nachdrücklich.

»Okay.«

Jordan seufzte dramatisch, dann lächelte er plötzlich verschämt. »Es tut mir wirklich leid, Dad.« »Ich weiß.«

Josh lächelte nun ebenfalls.

Bei allem Ärger, er liebte seinen Sohn trotzdem und deshalb machte er ihm ein Friedensangebot. »Was hältst du davon, wenn wir uns heute Pizza bestellen?« »Das wäre toll.« Jordans Augen leuchteten gierig auf. »Mit Krabben und doppelt Käse?«

»Abgemacht.«

Am Montagmorgen fuhr Josh entspannt und aufgeregt zugleich zur Arbeit.

Entspannt, weil Jordan gestern handzahm gewesen war. Ein ganzer Tag ohne Streit zwischen ihnen!

Seine Aufregung indes galt Cathy. Sie trat heute ihren neuen Job an. Die Bank öffnete um acht Uhr.

Genau wie Railey Motors.

Weil er es nicht leiden konnte, wenn bei seiner Ankunft bereits Kunden vor der Türe warteten, hatte Josh sich allerdings vor Jahren angewöhnt, eine halbe Stunde früher anzufangen. Das machte sich jetzt bezahlt.

Er würde Mrs. Johnsons Haus im Auge behalten und wenn Cathy herauskam, hinübergehen und ihr alles Gute wünschen. Ein erster Schritt, und das Beste daran: Sein Bruder konnte ihm nicht dazwischen pfuschen, denn der kam immer erst kurz vor acht.

Keine zwei Minuten später musste Josh jedoch schockiert feststellen, dass er dessen Jagdtrieb gewaltig unterschätzt hatte.

In lässiger Pose, die unvermeidliche Zigarette im Mund, stand Mick auf dem Gehweg vor der Werkstatt und fixierte den Hauseingang gegenüber.

»Verdammte Scheiße!«

Josh trat aufs Gas, aber er war nicht schnell genug.

Er war noch etwa zwanzig Meter entfernt, da trat Cathy aus der Türe. Sogleich schnippte Mick die Zigarette weg und setzte sich in Bewegung. Der Löwe in Aktion. Zielstrebig, ein charmantes Killerlächeln auf den Lippen, überquerte er flink die Main Street und sprach Cathy an. Sie reagierte überrascht, lächelte jedoch höflich und ergriff seine Hand, die er ihr entgegenstreckte.

Im selben Moment brauste Josh auf den Hof der Werkstatt und sprang aus dem Wagen. Sein Herz raste wütend und enttäuscht, doch dann sah er beglückt, wie Cathy sich abrupt von Mick abwandte und zu ihm herüberschaute. Mit einem sichtlich erfreuten Lächeln.

»Guten Morgen, Josh!«, rief sie. »Schön, dich zu sehen!«

Hinter ihr fiel Mick perplex die Kinnlade herunter.

Josh registrierte es mit grimmiger Genugtuung.

»Ich freu mich auch, Cathy!«, rief er zurück. »Wie geht es dir? Hast du dich schon etwas eingelebt?« »Ja, die Wohnung ist wunderschön.« Sie sah auf die Uhr. »Ich würde gern weiter mit dir reden, aber ich muss los. Wünsch mir Glück für heute!«

»Das tue ich.« Josh reckte beide Daumen in die Höhe. »Viel Erfolg!«

»Danke.« Sie lächelte ihn noch einen Augenblick an, dann drehte sie sich um und eilte davon.

Mick, dem sie keinen Blick mehr geschenkt hatte, schaute ihr konsterniert hinterher.

Tja, dumm gelaufen, Löwe.

Josh verbiss sich mühsam ein Triumphgebrüll und schloss die Werkstatthalle auf. Seine Befürchtung, Cathy könne dem Charme des »Bad Boy« erliegen, hatte sich in Luft aufgelöst.

Das bedeutete leider nicht, dass Mick aufgeben würde. Ihre Zurückweisung fachte seinen Jagdtrieb garantiert noch an, das ahnte Josh und bereits der erste Satz, den sein Bruder an ihn richtete, als dieser nun die Halle betrat, bestätigte dies.

»Mann, ist die scharf.«

Mick schlenderte heran. Seine Augen glitzerten neugierig. »Wieso hast du mir nicht erzählt, dass du sie schon kennst? Na, ist auch egal«, meinte er leichthin, als Josh nur mit den Schultern zuckte. »Viel wichtiger ist, sie lernt mich bald richtig kennen, und das wird sie.« Er setzte eine siegessichere Miene auf und lachte anzüglich. »Jede Wette, sie schreit laut, wenn es ihr kommt.«

In Josh begann es jäh zu brodeln.

»Erspar mir deine sexistischen Sprüche«, blaffte er ungehalten. »Hey, ich rede immer so, das weißt du doch«, entgegnete Mick lässig. »Aber nicht über Cathy, kapiert?« Josh funkelte ihn wütend an.

»Was ist denn mit dir los?«

Sein Bruder kniff die Augen zusammen und hob angriffslustig das Kinn.

Nach etwa zwei Sekunden verwandelte sich sein Gesichtsausdruck jedoch rapide. Ein überraschtes, begreifendes Grinsen erschien auf seinen Lippen.

»Ich verstehe. Du hast selber ein Auge auf sie geworfen«, sagte er langsam und lachte leise. »Beruhig dich, Josh. In diesem Fall mache ich selbstverständlich einen großen Bogen um Cathy.«

Der Löwe zog sich ihm zuliebe freiwillig zurück?

Fassungslos starrte Josh ihn an. Mit allem hatte er gerechnet, nur nicht mit dieser Reaktion.

»Was glotzt du denn so ungläubig? Ich bin doch kein Arschloch.«

Mick boxte ihn heftig gegen die Brust. »Hey, du bist mein Bruder! Ich will dich endlich wieder glücklich sehen und Cathy mag dich ja anscheinend. Also schnapp sie dir, ehe ein anderer schneller ist. Es wird ohnehin höchste Zeit, dass du wieder eine Beziehung eingehst. So viele Jahre ohne Sex, das ist doch ungesund.« Mick schnaubte und schüttelte sich. »Ehrlich, ich weiß nicht, wie du das aushältst. Und jetzt komm, lass uns anfangen.«

Er griff nach einem Schraubenschlüssel und marschierte pfeifend zu dem Wagen, den sie heute Morgen als erstes reparieren mussten.

Josh folgte ihm nicht gleich.

Seine Augen waren feucht geworden.

Er blinzelte mehrmals, bis sein Blick klar wurde und betrachtete Mick, der die Motorhaube öffnete, nachdenklich. Sein Bruder war unbestritten ein egoistischer Sexist. Aber er besaß auch ein liebevolles Herz, das hatte er soeben bewiesen, und als Josh jetzt neben ihn trat, hatte er nur einen Wunsch:

Dass Mick irgendwann einer Frau begegnete, der es gelang, dieses Herz zu erobern.

Kapitel 7

Am Freitagnachmittag schlenderte Cathy entspannt nach Hause. Anders als in Toronto ging sie hier in Swan River zu Fuß zur Arbeit. Die Bank lag nur wenige Straßen entfernt von ihrer Wohnung.

Cathy summte leise vor sich hin. Zwei Wochen arbeitete sie nun schon dort und es gefiel ihr ausgezeichnet. Edward Morris war ein freundlicher Chef ohne Allüren. Ihre beiden Kolleginnen Beth und Nora hatten sie herzlich aufgenommen und ihr geholfen, sich rasch einzuarbeiten.

Doch nicht nur beruflich, auch privat ging es ihr so gut, wie seit Jahren nicht mehr. Ihr einsames Dasein im hässlichen, hektischen Toronto schien bereits ewig weit weg.

Jetzt lebte sie in einer beschaulichen, hübschen Kleinstadt und es gab wieder Menschen, denen sie etwas bedeutete.

Judith Johnson, ihre Vermieterin, war eine liebenswürdige Dame. Seit Cathys erstem Besuch in der Bibliothek duzten sie einander und plauderten über Bücher, wann immer sie sich trafen.

Und dann war da natürlich Melanie, ihre wunderbare Freundin. Sie und Cathy telefonierten täglich miteinander und sahen sich so oft wie möglich. Entweder schaute Cathy nach der Arbeit bei den Brewsters vorbei oder Mel kam abends, wenn Peyton schlief, für ein, zwei Stunden zu ihr. Dass Roy dafür Verständnis hatte, machte ihn für Cathy nur noch sympathischer.

Inzwischen hatte sie auch seine Mutter Lorna und seinen jüngeren Bruder kennen gelernt. Andrew Brewster war zweifellos ein attraktiver Mann. Dennoch empfand Cathy nur freundschaftliche Gefühle für ihn, denn an Josh Railey reichte er nicht heran.

Josh.

In ihrem Magen begann es heftig zu kribbeln, wie immer, wenn sie an ihn dachte.

Ganz zu schweigen von dem aufgeregten Herzklopfen, das sie jeden Morgen überfiel. Josh kam nämlich stets just in dem Moment bei seiner Werkstatt an, wenn sie das Haus verließ und unterhielt sich kurz mit ihr. Dabei schaute er sie unverhohlen interessiert an.

Das war großartig. Schließlich interessierte sie sich auch für ihn. Sehr sogar. Leider hatte er sie bislang nicht nach einem Date gefragt, aber das war hoffentlich nur noch eine Frage der Zeit. Wie er wohl küsste?

»Guten Tag, Mrs. Allister!«

Eine schrille Frauenstimme riss Cathy jäh aus dem beglückenden Gedanken an einen ersten Kuss mit Josh.

Oh, nein, nicht die schon wieder.

Das Einzige, womit sie in ihrem neuen Leben noch zu kämpfen hatte, war die ungebrochene Neugier an ihrer Person. Ständig sprach sie jemand an. Die meisten Leute waren nett, aber es gab auch einige, denen sie lieber aus dem Weg ging. Dazu gehörten definitiv Veronica und Mandy Weston, doch ausgerechnet jene standen nun vor ihr.

Cathy war den unbeliebten Klatschbasen bereits mehrfach in die Arme gelaufen. Beim letzten Mal hatten diese ihr eine haarsträubende Geschichte über Ed Morris aufgetischt. Demnach besaß der Bankdirektor angeblich 100 Millionen Dollar, die er auf einem Konto in der Schweiz bunkerte. Zudem pflege er seit Jahren ein heimliches Verhältnis mit ihrer Kollegin Nora.

Na, klar!

Auf eine weitere dreiste Lüge hatte Cathy überhaupt keine Lust, deshalb sagte sie knapp angebunden: »Ich habe es eilig«, und lief weiter. Das entrüstete Schnauben der beiden überhörte sie geflissentlich.

Als sie zuhause ankam, verabschiedete Mick Railey gegenüber auf dem Hof der Werkstatt soeben einen Kunden.

Josh war bereits weg. Er machte derzeit früher Feierabend, um seine Mutter abzulösen, die seinen Sohn tagsüber beaufsichtigte. Jordan hatte Hausarrest, weil er heimlich geraucht hatte. Das wusste Cathy von Josh und sie bewunderte ihn für sein konsequentes Handeln. Ein weiterer Beweis, dass er ein verantwortungsvoller Vater war.

»He, Cathy!«

Mick blickte zu ihr herüber und grinste freundlich. »Schönes Wochenende!«

»Danke, dir auch«, entgegnete sie und schaute ihm nachdenklich hinterher, als er zurück in die Halle ging. Es fiel ihr immer noch schwer, zu glauben, was Melanie über ihn erzählt hatte. Der dunkelhaarige Bruder von Josh kam ihr mitnichten wie ein sexistischer Frauenheld vor.

Cathy dachte an den Morgen ihres ersten Arbeitstages zurück.

Mick war damals überraschend auf sie zugekommen und hatte sich vorgestellt. Gut, sein Lächeln war zugegeben ein wenig anzüglich gewesen und der etwas lauernde Blick in seinen blauen Augen war ihr ebenfalls nicht entgangen. Doch seitdem hatte er nie wieder ein Gespräch mit ihr angefangen; geschweige denn, mit ihr geflirtet. Er grüßte lediglich freundlich.

Andererseits würde Mel niemals unbegründet etwas behaupten.

Vielleicht entspreche ich nicht Micks Beuteschema, überlegte Cathy achselzuckend und war alles andere als böse bei diesem Gedanken.

»Pah, für den ist jede Frau potentielle Beute, glaub mir«, sagte Melanie drei Stunden später am Telefon bissig. »Bleib also bitte auf der Hut, wenn du nicht als Affäre Nummer Wer-weiß-wieviel enden willst.«

»Keine Sorge«, entgegnete Cathy fest und kniff die Lippen zusammen, um sich nicht zu verraten.

Sie hätte Mel liebend gern ihre zunehmenden Gefühle für Josh anvertraut. Ihre Freundin wäre bestimmt begeistert, aber Cathy befürchtete, dass diese es Roy weitererzählte, der es wiederum womöglich Josh mitteilte, und das durfte keinesfalls geschehen.

Cathy zweifelte nicht daran: der zurückhaltende Automechaniker mochte sie, das war eindeutig. Trotzdem musste sie in Betracht ziehen, dass sie sein Verhalten überbewertete. Vielleicht war er gar nicht ernsthaft interessiert, sondern fand sie lediglich nett. In diesem Fall wäre es furchtbar peinlich, wenn er von ihren Gefühlen erfuhr.

Nein, es war sicherer, sie schwieg bis auf weiteres und wartete ab. Sollte sein Interesse so echt sein, wie sie glaubte, würde Josh irgendwann seine Zurückhaltung überwinden.

Sie hoffte auf morgen Abend.

Lorna Brewster feierte an diesem Samstag ihren 70. Geburtstag und sie waren beide eingeladen.

Kurz nach acht betrat Cathy freudig angespannt das »First Swan Hotel«.

Sie hatte für diesen Abend extra ein neues Kleid gekauft. Es war aus dunkelgrüner Seide, knielang und betonte ihre Figur. Noch vor wenigen Wochen wäre sie sich darin pummelig vorgekommen, doch jetzt nicht mehr. Dank Josh hatte sie sich mit ihren rundlichen Kurven ausgesöhnt. Sie fühlte sich sexy und ihr Magen kribbelte bei dem Gedanken, ihn gleich zu sehen.

Am Eingang zum Restaurant blieb sie jedoch zunächst überrascht stehen.

Obwohl sie inzwischen wusste, dass die Familie Brewster zu den beliebtesten Einwohnern Swan Rivers zählte, überwältigte sie die Anzahl der Gäste. Die halbe Stadt schien anwesend zu sein, so kam es ihr jedenfalls vor.

Du meine Güte!

Perplex schaute Cathy auf die wogende Menschenmenge. Hie und da entdeckte sie ein vertrautes Gesicht. Einige Bankkunden, ihre Kollegin Beth. Judith war auch da, ebenso Edward Morris und dessen Ehefrau. Die meisten Gäste waren ihr jedoch fremd und auf einmal wurde sie nervös.

Zögernd machte sie zwei Schritte in den Raum, da tauchte plötzlich Andrew neben ihr auf.

»Hallo Cathy«, begrüßte er sie lächelnd und musterte sie anerkennend. »Hübsches Kleid, du siehst gut aus.« »Danke, du auch«, erwiderte sie das Kompliment ehrlich.

Andrew trug einen dunkelblauen Anzug, der ihm hervorragend stand.

»Komm, ich bringe dich an unseren Tisch. Mel hat einen Platz für dich freigehalten«, erklärte er gut gelaunt und nahm ihre Hand in seine. Die vertrauliche Geste irritierte Cathy im ersten Moment, aber sie ließ ihn gewähren. Andrew dachte sich bestimmt nichts dabei. Sie waren Freunde, mehr nicht.

Während sie ihm durch die Menge folgte, blickte sie sich nach Josh um. Vergeblich, er war anscheinend noch nicht hier.

Doch, da drüben stand er ja! An einem der zusätzlich aufgestellten Stehtische. Er hatte ein Glas Sekt in der Hand und schaute mit ernster Miene genau in ihre Richtung. Cathy lächelte beglückt und winkte ihm.

Josh winkte nicht zurück. Ebenso wenig erwiderte er ihr Lächeln. Er nickte bloß knapp und drehte sich weg.

Verwirrt starrte Cathy auf seinen Rücken.

Was war los mit ihm?

Ihr blieb keine Zeit, darüber nachzudenken. Andrew zog sie weiter und gleich darauf erreichten sie den Tisch, an dem die Familie Brewster saß. Irgendwie gelang es ihr, fröhlich zu lächeln. Sie gratulierte Lorna zum Geburtstag und begrüßte danach Matt, Roy und Mel, die sie alle drei herzlich umarmten. Das tröstete sie ein bisschen über Joshs befremdliche Reaktion hinweg.

Die darauffolgende Stunde erlebte Cathy äußerst zwiespältig.

Anfangs war sie nur verwirrt, dann wurde sie traurig.

Obwohl er vorhin so seltsam reagiert hatte, hatte sie trotzdem fest damit gerechnet, dass Josh schon bald ihre Nähe suchen würde.

Aber das tat er nicht.

Er schlenderte durch das Restaurant, von einer Gruppe zur nächsten. Redete und lachte und genoss den Abend sichtlich.

Ohne sie.

Kein einziges Mal sah er zu ihr. Als sei sie überhaupt nicht anwesend, und so sehr es schmerzte, gestand Cathy sich schließlich ein, dass sie sich offenbar geirrt hatte.

Josh Railey war keineswegs an ihr interessiert. Sie hatte sein Verhalten die ganze Zeit über also tatsächlich überbewertet. Wie dumm von ihr.

Zum Glück sorgte die fröhliche, zwanglose Stimmung um sie herum, dass sie sich trotz dieser herben Enttäuschung durchaus amüsierte.

Mittlerweile waren noch einige Leute zu ihnen gestoßen, unter anderem Patrick.

Der rothaarige Sohn des Bürgermeisters war ein begnadeter Stimmenimitator und ergötzte die Runde gerade mit einer perfekten Darbietung von Veronica Weston.

Cathy lachte schallend darüber.

Kurz darauf trat ein braungebrannter, beinahe furchteinflößend muskulöser Mann heran, den sie noch nie gesehen hatte. Er gratulierte Lorna mit einem Kuss auf die Wange und gab dann allen der Reihe nach die Hand.

Als er Cathy begrüßte, blieb ihr fast die Luft weg, so fest drückte er ihre Finger.

»Robert Jenkins«, stellte er sich in zackigem Tonfall vor und schaute sie aus stahlgrauen Augen durchdringend an. »Du musst Cathy sein. Erfreut, dich kennen zu lernen.«

»Äh, gleichfalls. Hi«, erwiderte sie etwas eingeschüchtert von seinem forschen Auftreten.

»Hab bloß keine Angst vor ihm!«, rief Mel lachend. »Robert hängt gern den knallharten Kampfpiloten raus, der er einmal war, aber in Wahrheit ist er lammfromm, stimmt's?«

»Verdammt, sie hat mich verraten.«

Robert grinste verschmitzt und zwinkerte Cathy zu.

Sie rang sich mühsam ein schwaches Lächeln für ihn ab, denn genau in diesem Moment beobachtete sie, wie Josh sich von zwei älteren Männern verabschiedete und zum Ausgang lief. Offensichtlich ging er nach Hause.

Cathy schluckte hart und wandte resigniert den Blick von ihm ab.

Kapitel 8

Es war ein wunderschöner Sommerabend.

Ein lauer Wind wehte und oben am Firmament schien der Vollmond, umrahmt von funkelnden Sternen.

Ein Abend, wie gemacht für Verliebte.

Die romantische Stimmung trieb seine ohnehin schon schlechte Laune auf Rekordtiefe. Mit grimmiger Miene marschierte Josh die Straße hinunter. Weg, bloß weg vom Hotel, in dem er gerade eine der fürchterlichsten Stunden seines Lebens durchlitten hatte.

Was für ein Desaster.

Da hatte er die ganze Woche über auf den Geburtstag von Lorna hin gefiebert. Sich so darauf gefreut, mit Cathy endlich mal länger als nur einige Minuten reden zu können. Den festen Vorsatz gefasst, sie heute um ein erstes Date zu bitten.

Doch dann hatten Eifersucht und Zweifel ihn eiskalt erwischt.

Zuerst der Schock wegen Andrew.

Josh traute seinen Augen nicht, als Roys attraktiver, jüngerer Bruder wie selbstverständlich Cathy an die Hand nahm. Das wirkte erschreckend vertraut. Lief zwischen den beiden etwas? Roy hatte nichts dergleichen erwähnt, aber vielleicht wusste er es nur nicht.

Der Gedanke war dermaßen niederschmetternd, dass Josh es weder über sich brachte, Cathy anzulächeln, als sie ihn von weitem grüßte, noch sich zu den Brewsters zu gesellen. Stattdessen schlenderte er ziellos umher, machte belanglosen Smalltalk mit allen möglichen Leuten und tat so, als genieße er den Abend. Hin und wieder warf er einen schnellen, heimlichen Blick zu Cathy.

Zutiefst erleichtert bemerkte er nach einer Weile, dass Andrew nicht mehr neben ihr, sondern am Nachbartisch saß und dort intensiv mit ihrer Kollegin Beth flirtete. Das würde er kaum tun, wenn zwischen ihm und Cathy etwas lief.

Aber Josh sah auch, wie Matt sie unverhohlen anhimmelte. Das fachte seine Eifersucht erneut an.

Dann kam Patrick, der Komiker.

Er brachte die ganze Runde, wie es seine Art war, permanent zum Lachen. Cathy amüsierte sich großartig mit ihm, das war nicht zu übersehen. Und als dann auch noch Robert auftauchte, dieser eingebildete Muskelprotz und ihr tief in die Augen schaute, sah Josh endgültig rot.

Deshalb war er gegangen.

Ein katastrophaler Fehler, das sah er nun ein. Wie konnte er der Konkurrenz bloß kampflos das Feld überlassen?! Er sollte umkehren, sofort. Doch er ging weiter, denn die Zweifel in ihm waren stärker.

Josh hatte wirklich geglaubt, dass Cathy sein Interesse erwiderte, aber wäre sie dann nicht zu ihm gekommen? Oder hätte wenigstens einmal Blickkontakt gesucht?

Fehlanzeige.

Ganz im Gegenteil. Sie schien ihn überhaupt nicht vermisst zu haben und hatte den Abend ohne ihn genossen.

Das ließ eigentlich nur einen Schluss zu: Er hatte ihr herzliches Lächeln, ihre angeblich interessierten Blicke die ganze Zeit über falsch interpretiert. Cathy Allister fand ihn zweifellos nett, aber mehr nicht.

Welch eine bittere Enttäuschung.

Josh schluckte frustriert, da piepste plötzlich sein Smartphone. Rasch zog er es aus der Hosentasche und sah aufs Display. Eine Nachricht von Roy.

Wo steckst du? Schwing endlich deinen Arsch an unseren Tisch!

»Scheiße«, fluchte Josh.

Er hatte gehofft, dass sein Rückzug keinem auffiel. Sein Freund würde ihm die Hölle heiß machen, weil er sich davongeschlichen hatte. Schnell schrieb er eine kurze Nachricht zurück. Für eine längere Erklärung fehlte ihm die Energie.

Bin auf dem Heimweg. Frag nicht nach. Wir reden morgen.

Die Antwort folgte prompt.

Darauf kannst du Gift nehmen, Blödmann!!

Oh ja, Roy würde ihm definitiv die Hölle heiß machen.

Niedergeschlagen ging Josh weiter.

Sein Haus war dunkel und leer, als er daheim ankam.

Jordan verbrachte das Wochenende bei einem Freund. Da er sich in den vergangen zwei Wochen tadellos verhalten hatte, hatte Josh den Hausarrest, der ursprünglich bis morgen gelten sollte, bereits gestern Abend aufgehoben. Sein

Sohn war in unbändigen Jubel ausgebrochen und hatte ihn dann, oh Wunder, sogar kurz umarmt.

Eine Umarmung hätte er jetzt auch dringend nötig.

Josh setzte sich auf die Couch und starrte auf den dunklen Fernseher. Kurz überlegte er, ihn anzuschalten, entschied sich jedoch dagegen. Kein Programm konnte ihn davon ablenken, dass sein Traum von einer möglichen gemeinsamen Zukunft mit Cathy geplatzt war.

Anscheinend war es sein Schicksal, alleine zu bleiben. Das tat verdammt weh.

Nach einer Weile goss er sich einen doppelten Whisky ein, stürzte ihn in einem hinunter und ging zu Bett.

Am Sonntagmorgen schlich Josh hundemüde ins Bad.

Eine grauenvolle Nacht lag hinter ihm, und so sah er auch aus. Frustrierte Knitterfalten. Leerer, hoffnungsloser Blick. Ein Mann in der Krise.

Lustlos putzte er die Zähne, wusch sein Gesicht und machte sich dann einen starken Kaffee.

Wenige Minuten darauf klingelte es an der Haustüre.

Es war, wenig überraschend, Roy.

»Damit eins klar ist: Wärst du nicht mein bester Freund, hättest du jetzt meine Faust gespürt«, sagte er zur Begrüßung und stapfte an ihm vorbei in die Küche.

Josh folgte ihm schweigend.

»Was, verdammt noch mal, war gestern mit dir los?«

Roy nahm eine Tasse aus dem Schrank und hieb auf die Taste für Espresso am Kaffeeautomaten. »Zuerst kommst nicht an unseren Tisch, obwohl Cathy dort saß. Korrigiere mich, wenn ich dich falsch verstanden habe: wolltest du den Abend nicht nutzen? Aber nein, stattdessen trödelst du durchs Restaurant, verschwindest plötzlich und zur Krönung erklärst du mir nicht mal, weshalb!«

Seine Stimme war immer lauter geworden und seine Augen blitzten. So wütend hatte Josh ihn selten erlebt. Roy nippte an seiner Tasse und fixierte ihn mit stählernem Blick. »Ich hoffe, du hast eine verdammt gute Entschuldigung dafür, mein Freund.«

»Ja, habe ich.«

Josh nahm einen großen Schluck Kaffee, atmete tief durch und redete sich den ganzen Frust des gestrigen Abends von der Seele. Roy hörte ihm aufmerksam zu, schüttelte allerdings immer wieder den Kopf und starrte ihn am Ende ungläubig an.

»Herrgott, wie kann man bloß so blöd und blind sein«, meinte er grob und griff an seinen linken Daumen. »Erstens ist deine Eifersucht meinen Brüdern gegenüber absolut unbegründet. Sie haben Cathy gern, das ist alles.«

Er streckte den Zeigefinger aus.

»Zweitens: Ja, sie hat sich amüsiert, aber nur nach außen hin. Im Gegensatz zu dir habe ich gesehen, wie sie dich die ganze Zeit über beobachtet hat. Doch, hat sie!«, zischte er ungehalten, als Josh die Stirn runzelte. »Und glaub mir, sie war traurig und bitter enttäuscht über dein Verhalten, obwohl sie bemüht war, sich nichts anmerken zu lassen.« Roy funkelte ihn böse an. »Jetzt sag mir, Blödmann, reagiert so eine Frau, wenn sie einen Mann lediglich nett findet?«

Josh schüttelte stumm den Kopf.

Die Tasse in seiner Hand wog plötzlich tausend Tonnen. Vorsichtig stellte er sie auf den Tisch und schluckte betreten.

Cathy erwiderte seine Gefühle also doch. Die jähe Einsicht, wie sehr ihn seine dumme Eifersucht verblendet hatte, wie blödsinnig seine Zweifel gewesen waren, erschütterte ihn. Schuldbewusst sah er zu Roy.

»Ich hab's vermasselt«, gestand er mit dumpfer Stimme.

»Stimmt«, pflichtete ihm sein Freund mitleidlos bei. »Und, was wirst du jetzt tun?«

Da musste er nicht lange überlegen. Josh straffte die Schultern.

»Das einzig Richtige«, erklärte er mit fester Stimme. »Ich werde noch heute zu ihr gehen und mich entschuldigen.«

»Halleluja, er kann wieder klar denken.«

Roy lachte und klatschte zweimal in die Hände. »Dann ab mit dir unter die Dusche. So beschissen, wie du aussiehst, hättest du nicht mal eine Chance bei Mandy.« »Oh Gott, wer will das schon?« Josh schüttelte sich, stand auf und umarmte seinen Freund kurz. »Danke, Roy.«

Eine halbe Stunde später klingelte er bei Cathy.

Sie war zuhause, er hatte das Licht in ihrer Küche gesehen, doch zunächst tat sich nichts. Josh klingelte erneut, da ertönte plötzlich über ihm ihre Stimme. Sie klang angespannt. »Hallo? Wer ist da?«

Okay, jetzt galt es.

Herr im Himmel, bitte lass sie mir verzeihen.

Er trat zwei Schritte zurück und blickte nach oben zu ihrem Küchenfenster. Sie sah blass und übernächtigt aus. Durch seine Schuld.

»Hallo Cathy«, sagte er rau.

»Josh.«

Sichtlich bestürzt starrte sie auf ihn hinunter, dann verschloss sich ihre Miene jäh. »Was willst du hier?«, fragte sie abweisend. Mit dieser Reaktion hatte er gerechnet. Schließlich war er der Blödmann, der ihre Gefühle verletzt hatte.

»Ich möchte dich um Entschuldigung bitten«, erwiderte er ohne Umschweife mit ernster Miene. »Es tut mir leid, wie ich mich gestern dir gegenüber verhalten habe.«

Seine offenen Worte überrumpelten Cathy.

Sie schnappte nach Luft und riss überrascht die Augen auf. »Ehrlich?«, fragte sie heiser und er hörte deutlich die hoffnungsvolle Sehnsucht heraus. Das ermutigte ihn.

»Ja.« Josh nickte. »Bitte, darf ich reinkommen und es dir erklären?«

»Oh.«

Cathy biss auf ihre Unterlippe und runzelte die Stirn. »Das geht leider nicht. Ich bin sozusagen auf dem Sprung. Robert Jenkins hat mich zu einem Probetraining um halb elf eingeladen.« Sie lächelte zaghaft. »Aber danach, so ab Eins, hätte ich Zeit.«

Ganz ruhig, Josh.

Obwohl er das Gefühl hatte, einen Schlag in den Magen bekommen zu haben, gelang es ihm, kühlen Kopf zu bewahren.

Robert hatte sie in sein Fitness-Studio eingeladen? Das konnte eine harmlose Sache sein, aber so, wie er Cathy gestern angeschaut hatte, glaubte Josh das keine Sekunde lang. Robert war eindeutig an ihr interessiert.

Vergiss es, Jenkins. Ich bin schneller.

Josh räusperte sich und tat dann das, was er längst hätte tun sollen.

»Okay, was hältst du von einem gemeinsamen Mittagessen«, sagte er ruhiger, als ihm zumute war und blickte Cathy dabei fest in die Augen. Ihre Wangen röteten sich und ein erfreutes Lächeln erschien auf ihren Lippen. »Du willst mit mir Essen gehen?«

»Ja, aber nicht aus schlechtem Gewissen, falls du das annimmst.« Josh steckte die Hände in die Hosentaschen und bekannte etwas verlegen: »In Wahrheit ist es die Bitte um ein Date.«

So. Er hatte es ausgesprochen.

»Das wurde auch Zeit, Mr. Railey«, antwortete Cathy energisch und begann zu lachen, als er sie verblüfft anschaute. »Ich bin dabei.« Ihre grünen Augen funkelten beglückt.

Halleluja!

Josh schickte ein stummes Dankgebet gen Himmel. Sein Herz raste vor Freude.

»Gut, dann hole ich dich um Eins ab«, sagte er mit einem breiten Lächeln.

»Ich freue mich darauf. Bis nachher.« Cathy strahlte ihn noch einen Moment lang an, dann schloss sie das Fenster.

Josh stieg in seinen Wagen und stieß einen Jubelschrei aus.

Wieder zuhause reservierte er umgehend einen Tisch im »Seasons.« Es war das perfekte Lokal für ein erstes Date.

Anschließend schrieb er Roy.

Cathy hat meine Entschuldigung angenommen und geht nachher mit mir essen! Was sagst du jetzt?

Sein Freund antwortete umgehend.

Gut gemacht, Blödmann.

Kapitel 9

Welch eine unerwartete, wundervolle Wende!

Cathy kramte eine alte Jogginghose, Turnschuhe und ein T-Shirt aus dem Schrank und stopfte alles in eine Tasche. Dabei strahlte sie ununterbrochen und lachte immer wieder glücklich auf. Ihre Wangenknochen taten bereits weh, aber sie konnte einfach nicht aufhören.

Vergessen waren der gestrige, traurige Abend und die unruhige Nacht, die hinter ihr lag.

Josh Railey erwiderte ihre Gefühle doch!

Sie hatte ein Date mit ihm!

Zu schade, dass sie ausgerechnet jetzt wegmusste. Viel lieber hätte sie sofort erfahren, was gestern mit ihm losgewesen war. Vielleicht neuer Ärger mit seinem Sohn? Egal, er würde es ihr ja nachher erzählen.

Aufgekratzt fuhr Cathy zu Roberts Fitness-Studio.

Es war das erste Mal in ihrem Leben, dass sie eines betreten würde. Wenn sie sich sportlich betätigen wollte, was zugegeben nicht allzu oft vorkam, ging sie schwimmen. Aber der ehemalige Kampfpilot hatte gestern so charmant hartnäckig auf sie eingeredet, bis sie schließlich eingewilligt hatte, es zumindest mal auszuprobieren.

Das Training dauerte gut anderthalb Stunden.

Robert erklärte ihr voller Elan jede Übung und zu ihrer eigenen Überraschung machte es Cathy sogar einigermaßen Spaß. Dennoch, sie würde sich niemals auf Dauer freiwillig derart quälen. Als er sie am Ende fragte, ob sie einen Vertrag abschließen wolle, sagte sie deshalb kategorisch Nein.

»Das ist nichts für mich.«

»Aber Sport ist wichtig für die Gesundheit!«, protestierte er. »Zudem bekommst du dadurch eine bedeutend bessere Figur.«

Wie bitte?

Früher hätte eine solche Äußerung sie tief verletzt, doch das war, bevor Josh Railey in ihr Leben getreten war. Ihm würde es garantiert nicht gefallen, wenn sie sich in eine gertenschlanke, muskulöse Sportlerin verwandelte.

Cathy reckte selbstbewusst das Kinn.

»Zu deiner Information, ich bin sehr zufrieden mit meiner Figur und möchte nichts daran ändern«, klärte sie Robert auf und ging ohne ein weiteres Wort in die Umkleide.

»Cathy, ich habe das nicht so gemeint.«

Mit zerknirschter Miene trat Robert auf sie zu, als sie eine Viertelstunde später frisch geduscht wieder herauskam. »Kann ich es wiedergutmachen? Mit einem Drink, heute Abend vielleicht?« Er grinste charmant. »Ich wollte dich eh fragen, ob du mal mit mir ausgehst.«

Angesichts dieser Dreistigkeit blieb ihr für einen Moment die Luft weg. Der Kerl hatte vielleicht Nerven. Zuerst beleidigte er sie und jetzt bat er sie um ein Date? Irgendwie war er ihr gestern intelligenter vorgekommen.

»Vergiss es«, sagte Cathy und nahm kein Blatt vor den Mund. »Ich steh nicht auf arrogante Muskelprotze, sondern auf Männer mit Charakter.«

Das saß.

Robert fiel die gebräunte Kinnlade herunter.

Sie lächelte kühl und verließ hoch erhobenen Hauptes das Fitness-Studio. Dem hatte sie es gezeigt.

Zuhause angekommen warf sie die Sportklamotten in die Waschmaschine und rief danach Mel an.

Ihre Freundin war wie vom Donner gerührt, als Cathy nun endlich ihre Gefühle für Josh beichtete und glücklich von seiner Einladung erzählte.

»Das ist ja toll! Ich freu mich für dich!«, rief Melanie begeistert und gab die Nachricht unverzüglich an ihren Mann weiter. »Darling, stell dir vor, Josh hat Cathy um ein Date gebeten!«

»Ich weiß, er hat mir eine WhatsApp geschickt«, gab Roy im Hintergrund gelassen zur Antwort. »Wie, und du hast mir nichts davon gesagt?« Mel war empört. »Ja, weil ich davon ausging, dass Cathy es dir persönlich erzählen will und das hat sie ja jetzt.«

»Roy Brewster, ich … «, fauchte Melanie, doch Cathy unterbrach sie lachend. »Schimpf nicht mit ihm. Er hat Recht. Ich wäre echt enttäuscht gewesen, wenn du es bereits gewusst hättest.«

Sie warf einen Blick auf die Uhr. Eigentlich wollte sie noch über Roberts unmögliches Benehmen berichten, aber langsam wurde die Zeit knapp.

»Ich muss Schluss machen«, sagte sie deshalb rasch. »Josh kommt bald und ich bin noch nicht angezogen.«

»Okay, aber versprich mir, anzurufen, sobald du zurück bist«, erwiderte Melanie. »Ich will alles wissen, jedes Detail. Viel Glück, Cathy.«

Josh klingelte auf die Minute pünktlich.

Cathy nahm ihre Handtasche und sah kurz noch einmal prüfend in den Spiegel.

Da sie nicht wusste, in welche Art von Restaurant sie gehen würden, hatte sich für ein klassisches Outfit entschieden. Weiße, ärmellose Bluse, schwarze Hose. Ihr Gesicht war nur dezent geschminkt. Leichtes Make-up, farbloser Lipgloss, grüner Lidschatten.

Es klingelte erneut, zweimal hintereinander.

Mr. Railey wartete offenbar ungeduldig auf sein Date.

Auf sie.

Cathy grinste sich beglückt an und eilte aufgeregt die Treppe hinab.

»Ich habe im Seasons für uns reserviert«, erklärte Josh, nachdem sie einander begrüßt hatten und hielt ihr galant die Beifahrertüre auf. Mit seinem weißen Hemd und dunkelgrauer Hose war auch er klassisch gekleidet. »Ein kleines

Lokal, es liegt etwas außerhalb der Stadt, direkt am Fluss. Vielleicht hast du schon davon gehört.«

»Ja, meine Kollegin Nora hat es mal erwähnt«, entgegnete Cathy ruhiger, als ihr zumute war und stieg rasch ein. Während Josh hinten ums Auto lief, stieß sie einen leisen Jubelschrei aus. Laut Nora war das »Seasons« nämlich das romantischste Lokal in der Region. »Wenn dich jemals ein Mann dorthin ausführt, kannst du davon ausgehen, dass er es verdammt ernst meint«, hatte ihre Kollegin gesagt.

Und Josh fuhr jetzt mit ihr dort hin!

»Wie war dein Probe-Training, hat es Spaß gemacht?«, fragte er, als er den Motor startete. Seine Stimme klang etwas angespannt.

»Ach, ging so.« Cathy schaute zu ihm. »Bist du mit Robert befreundet?« Falls ja, würde sie nichts weiter dazu sagen.

»Nein, bin ich nicht«, antwortete er jedoch ungewöhnlich barsch. In seiner rechten Wange zuckte plötzlich ein Muskel. Es war eindeutig, er konnte Robert nicht ausstehen. Da waren sie schon zu zweit.

Cathy schmunzelte.

»Gut, dann kann ich dir ja verraten, was ich von ihm halte«, äußerte sie munter. »Er ist ein eingebildeter, dreister Muskelprotz und sein Studio eine Folterkammer. Da gehe ich nie wieder hin.«

Josh lachte daraufhin leise. Er sagte kein Wort, doch sie sah, wie er sichtlich befriedigt die Mundwinkel kräuselte.

Zehn Minuten später betraten sie das »Seasons« und Cathy überfiel jäh eine Gänsehaut.

Nora hatte nicht übertrieben. Welch ein entzückend romantischer Ort!

Hingerissen sah Cathy sich um, während sie und Josh einem jungen Kellner folgten, der sie an ihren Platz führte. Es gab nur Zweiertische hier; alle weit genug voneinander entfernt, damit die Gäste ungestört miteinander reden konnten. Kerzen und herzförmige kleine Vasen, in denen rote Rosen steckten, standen darauf. An den Wänden hingen ausschließlich Bilder mit romantischen Motiven. Sanfte Klaviermusik erfüllte den Raum, und durch das große Panoramafenster blickte man auf den Swan River, der in der Mittagssonne glitzerte.

Drei Schwäne glitten soeben elegant vorüber, als Josh und Cathy sich setzten.

Der Kellner zündete die Kerze an und fragte nach ihren Getränkewünschen. Sie nahmen beide ein Mineralwasser.

»Auf unser erstes Date.«

Josh prostete ihr zu. »Das erste von vielen, hoffe ich, denn ich mag dich sehr, Cathy«, fügte er mit rauer Stimme hinzu und sah sie ernst an. »Du bist eine wundervolle Frau und ich bin außerordentlich froh, dass du diesem Treffen zugestimmt hast, obwohl ich mich gestern wie ein Blödmann benommen habe.«

Er machte eine Pause, weil der Kellner wiederkam, diesmal mit den Speisekarten.

Josh bedankte sich, legte seine jedoch beiseite und erklärte ihm, dass sie mit der Bestellung noch etwas warten wollten. »Ich gebe Ihnen ein Zeichen, wenn wir so weit sind.«

»Kein Problem, Mr. Railey.«

Der junge Mann nickte verständnisvoll und verschwand.

Die kurze Unterbrechung hatte Cathy geholfen, sich halbwegs wieder zu fangen. Sie konnte kaum fassen, dass der zurückhaltende Josh direkt zu Beginn so offen seine Gefühle äußerte, in schlichten ehrlichen Worten. Damit hatte er ihr Herz endgültig erobert.

»Das ist hoffentlich okay für dich«, meinte er nun. »Ich möchte zuerst beichten.«

Er atmete tief durch und lächelte verlegen. »Um es kurz zu machen, ich war eifersüchtig auf jeden Kerl, der mit dir geredet hat. Das hat mich völlig blockiert.«

Cathy riss verblüfft die Augen auf, als er anschließend erläuterte, wie ihr vermeintliches Desinteresse ihn zusätzlich verunsichert hatte.

»Dass du mich beobachtet hast und enttäuscht über mein Verhalten warst, habe ich nicht bemerkt. Zu unserem Glück ist Roy ein aufmerksamer Beobachter. Ihm ist es aufgefallen und er hat mir heute Morgen, entschuldige den Ausdruck, mächtig den Arsch aufgerissen.«

Josh grinste schief. »Wir haben es also ihm zu verdanken, dass wir nun hier sitzen.«

Cathy war perplex. Roy hatte Melanie weit mehr als nur eine WhatsApp verschwiegen.

»Er hat wie ein echter Freund gehandelt«, meinte sie gerührt. »Doch nun zu dir.«

Sie beugte sich vor und sah Josh genauso ernst an, wie er sie vorhin. »Du bist kein Blödmann, im Gegenteil. Du bist ein wundervoller Mann und ich freue mich auf weitere Treffen mit dir.«

»Das ist schön«, entgegnete er leise. In seinen blauen Augen erschien ein zärtlicher Schimmer. Schweigend betrachteten sie einander einige Sekunden lang, dann lächelten sie gleichzeitig und griffen nach den Speisekarten.

»Wie geht es Jordan?«, wollte Cathy wissen, nachdem der Kellner ihre Bestellung aufgenommen hatte. Beide hatten sie sich für Lammfilet mit gegrilltem Gemüse und Kartoffelecken entschieden. »Hat der Hausarrest etwas bewirkt?«

»Ja, er ist momentan handzahm. Ich bin jedoch nicht so naiv, zu glauben, dass dies so bleibt«, sagte Josh trocken. »Nein, das ist in dem Alter unwahrscheinlich.« Cathy lachte. »Hast du ein Foto von ihm?«

»Ja.« Er zog sein Smartphone aus der Hosentasche und reichte es ihr. Ein hellblonder Junge grinste ihr fröhlich von der Startseite entgegen. Er ähnelte Josh sehr. Seine Augen waren jedoch nicht blau, sondern dunkelbraun und er hatte ein kleines Grübchen am Kinn. Erbteil seiner Mutter?

Cathy traute sich nicht zu fragen.

»Er sieht nett aus«, sagte sie nur. »Weiß er von unserem Date?«

Josh schüttelte den Kopf. »Er verbringt das Wochenende bei einem Freund, aber wenn er heute Abend kommt, werde ich mit ihm darüber sprechen.«

»Okay.« Sie zögerte kurz. Vielleicht war es zu früh, doch sie musste die Frage einfach stellen, denn sie war wichtig. »Meinst du, er hätte ein Problem damit, falls sich zwischen uns eine Beziehung entwickelt?« Gespannt wartete sie auf Joshs Antwort.

»Grundsätzlich, nein.« Er trank einen Schluck Wasser und runzelte leicht die Stirn. »Ich bin ehrlich, es könnte sein, dass er anfangs skeptisch reagiert, da er an meine letzte Beziehung schlechte Erinnerungen hat. Heather, so hieß die Frau, kam nicht mit ihm klar. Aber das ist erstens acht Jahre her, und außerdem würde Jordan schnell merken, dass du ganz anders bist.«

Josh griff über den Tisch nach ihrer Hand und drückte sie kurz. »Mach dir also bitte keine Sorgen.«

»In Ordnung.«

Cathy war nicht ganz überzeugt, doch er kannte seinen Sohn schließlich am besten.

Davon abgesehen brannte ihr eine weitere Frage auf der Zunge. Josh war die vergangenen acht Jahre allein gewesen?

Das konnte sie fast nicht glauben.

Waren die Single-Frauen in Swan River alle blind oder hatte er nach dieser Heather keine Lust mehr auf eine Beziehung gehabt? Sie gab ihrer Neugierde nach und sprach ihn offen darauf an.

»Doch, hatte ich und es gab auch Frauen, die an mir interessiert waren«, erklärte Josh ruhig. »Es war nur keine dabei, mit der ich mir etwas Ernstes vorstellen konnte. Bist du kamst, Cathy.« Er lächelte ihr zu. »Bereits bei unserem ersten Aufeinandertreffen habe ich gemerkt, dass du etwas Besonderes bist.«

»Das gilt umgekehrt auch«, gestand sie leise, da unterbrach ein diskretes Hüsteln ihr Gespräch. Es kam vom Kellner, der die Lammfilets servieren wollte.

Beim Essen erkundigte sich Josh nach ihrer Familie.

»Es gibt keine«, sagte Cathy knapp. »Meine Eltern sind seit Jahren tot. Ich habe zwar noch einen älteren Bruder, allerdings keinen Kontakt mit ihm. Donald und ich haben uns nie verstanden. Außer der gemeinsamen DNS verbindet uns nichts, sage ich immer.«

Sie zuckte gleichgültig mit den Schultern, weil er sie betroffen anstarrte und erklärte nüchtern:

»So etwas kommt vor, Josh.«

»Ich weiß.«

Er blinzelte. »Es fällt mir bloß schwer, das nachzuvollziehen. Mick bringt mich manchmal zur Weißglut, doch ein Leben ohne ihn kann ich mir nicht vorstellen.«

»Ist er wirklich so ein sexistischer Frauenheld, wie Mel behauptet?«

Cathy sah ihn verunsichert an. »Auf mich macht er nicht den Eindruck.«

»Das täuscht. Du bist nur meinetwegen sicher vor ihm.« Josh lächelte gequält. »Nachdem er mein Interesse an dir herausfand, hat er einen freiwilligen Rückzieher gemacht. Aber glaub mir, bis dahin war er fest entschlossen, dich ins Bett zu kriegen.«

Cathy schnappte schockiert nach Luft, woraufhin Josh erneut gequält lächelte.

»Mein Bruder ist im Grunde ein guter Kerl. Was Frauen anbelangt, hat Melanie jedoch leider Recht«, fuhr er mit bedrückter Miene fort. »Mick setzt Sex mit Liebe gleich und das macht mich verdammt traurig, denn er weiß nicht, was ihm entgeht.«

Er schob seinen leeren Teller beiseite und atmete tief durch.

»Oh Josh, entschuldige. Ich wusste nicht, dass dir das so nahegeht«, flüsterte Cathy bestürzt.

Auf ihrem Teller lagen noch einige Kartoffelecken und ein Stück Filet, doch ihr war der Appetit vergangen. Hätte sie bloß den Mund gehalten.

»Hey, ich bin in Ordnung. Mach dir bitte keine Vorwürfe.«

Josh hatte sich bereits wieder gefangen. Er lächelte warmherzig. »Lass uns lieber überlegen, was wir jetzt machen.

Jordan ist wie gesagt bei einem Freund, der Nachmittag gehört also uns, falls du willst.« Er schaute sie gespannt an. »Willst du?«

Cathy schluckte überrascht und ihr Herz klopfte rasant los. Damit hatte sie nicht gerechnet. Sie war davon ausgegangen, dass ihr Date nach dem Essen endete. Selten hatte sich ein Irrtum so gut angefühlt.

»Und ob ich will«, antwortete sie mit einem strahlenden Lächeln.

Auf ihre Bitte hin fuhr Josh mit ihr zunächst einfach durch die Gegend.

»Oh Gott, es ist so schön hier.«

Cathy hatte die Fensterscheibe geöffnet. Der warme Fahrtwind streichelte ihr Gesicht. Sie konnte sich nicht sattsehen an der großartigen Landschaft. Danach hatte sie sich in Toronto gesehnt. Ab und zu wies Josh sie auf etwas hin, aber die meiste Zeit schwieg er und ließ sie in Ruhe genießen.

»Wie wäre es mit einer Kaffeepause?«, schlug er nach etwa anderthalb Stunden vor. Sie durchfuhren gerade einen Ort namens Benito.

»Gern«, antwortete Cathy lebhaft. »Schau, da vorne rechts ist ein Café.«

Kurz darauf saßen sie dort auf der Terrasse.

»Möchten Sie auch ein Stück Kuchen?«, fragte die Bedienung freundlich. »Ich kann Ihnen unsere Schokoladentorte empfehlen.«

Das klang verlockend. Trotzdem schüttelte Cathy den Kopf. Sie wollte nicht, dass Josh sie für gefräßig hielt.

»Cathy, hör auf, so einen Unsinn zu denken«, sagte er im selben Augenblick ruhig und zwinkerte, als sie verblüfft zu ihm schaute. »Wir nehmen beide ein Stück.«

»Ja, Sir.« Die Bedienung schmunzelte.

»Hm, ist das lecker.«

Cathy verdrehte genießerisch die Augen nach den ersten Bissen. »Diese Torte ist ein Traum.«

»Und du wolltest darauf verzichten.«

Josh beugte sich über den kleinen Tisch zu ihr, so nahe, dass ihre Nasenspitzen sich fast berührten. »Eine strikte Regel für unsere weiteren Dates«, raunte er. »Du isst, was und wieviel du willst und machst dir vor allem keine Gedanken um deine Figur, denn die ist erstklassig. Hast du mich verstanden?«

Cathy nickte sprachlos.

Sie war überwältigt; weniger von seinen Worten, sondern von seiner atemberaubenden Nähe. Und nun glitt sein Blick auch noch hinunter zu ihren Lippen. Sie schluckte erwartungsvoll. Würde er sie küssen?

Tatsächlich, er tat es.

Sachte berührte sein Mund ihren. Zwei, drei Herzschläge lang, dann wich er langsam zurück und räusperte sich. »Ich werde mich nicht dafür entschuldigen«, sagte er heiser.

»Wieso solltest du?«

Cathy hatte die Sprache wiedergefunden. »Ich bestehe jedoch auf eine baldige, ausführlichere Wiederholung.«

»Ach, jaa?«, fragte Josh gedehnt.

Ein erfreutes, sexy Grinsen erschien auf seinem Gesicht. »Na, wenn das so ist.« Er griff nach ihrer linken Hand und streichelte aufreizend mit dem Daumen über den Ballen. »Nördlich von Benito liegt ein einsamer Waldsee. Was hältst du von einem Spaziergang dort?«

Seine blauen Augen glitzerten herausfordernd.

»Ich bin dabei«, erwiderte sie gepresst.

Seine Berührung erregte sie ungemein und sie konnte sich nicht verkneifen, ihn ebenfalls herauszufordern. Sie stach ein Stück von ihrer Torte ab und leckte die Schokolade mit der Zungenspitze langsam von der Gabel. Dabei sah sie ihn unverwandt an.

Es wirkte.

Josh holte zischend Luft und auf seiner Stirn erschienen kleine Schweißtropfen.

»Falls du vorhast, mich vorher umzubringen, mach nur so weiter«, meinte er mit grollender Stimme.

Cathy grinste keck.

»Nö, ich bin satt«, erklärte sie und lachte übermütig. »Fahren wir dann?« Sie deutete auf seine Stirn. »Du siehst aus, als bräuchtest du dringend ein abkühlendes Bad.«

»Vorsicht, freche Mädchen fliegen zuerst ins Wasser«, konterte er gefährlich lächelnd und winkte der Bedienung.

»Ich wünsche Ihnen noch einen schönen Tag«, sagte diese, nachdem er bezahlt hatte.

»Danke, den werden wir bestimmt haben.«

Josh nahm Cathy an die Hand und zog sie zielstrebig durch das Café hinaus auf den Parkplatz zu seinem Wagen. Er öffnete die Beifahrertüre, doch ehe sie einsteigen konnte, schlug er sie wieder zu. »Scheiß auf den See. Bis dort halte ich es nicht aus«, stieß er hervor und zog sie in seine Arme.

Cathy, die gerade dasselbe gedacht hatte, seufzte beglückt.

Gleich darauf begann die Erde zu beben.

So sachte er vorhin gewesen war, jetzt nahm Josh entschlossen ihren Mund in Besitz. Hungrig, leidenschaftlich, glühend heiß.

Das war kein Kuss. Es war ein Vulkanausbruch.

Cathy wimmerte lustvoll.

Josh zog sie daraufhin noch enger an sich. Sie spürte seine harte Erektion, hörte ihn rau aufstöhnen und stöhnte ebenfalls, als seine Hände fest ihren Hintern packten.

»Entschuldigen Sie, haben Sie kein Zuhause? Das ist ja widerlich!«

Eine empörte Männerstimme riss sie beide abrupt aus dem liebestollen Rausch.

Hastig ließen sie einander los und starrten erschrocken zu dem Mann, der etwa fünf Meter von ihnen entfernt stand und jetzt in schallendes Gelächter ausbrach.

Es war Mick.

Kapitel 10

»Du verdammter Idiot!«

Nach dem ersten Schock fand Josh die Sprache wieder. »Musst du uns so erschrecken? Mein Herz blieb fast stehen!«

Er funkelte Mick, der sich vor Lachen bog, aufgebracht an. Erst, als Cathy neben ihm losprustete, ging auch ihm jäh die Komik dieser Situation auf und er begann ebenfalls zu lachen. Ausgerechnet sein sexistischer Bruder hatte den empörten Spießer gemimt. »Was machst du überhaupt hier in Benito?«, fragte er ihn glucksend.

»Ich habe einer vernachlässigten Ehefrau das Wochenende versüßt. Sie wohnt da drüben.«

Mick zeigte auf ein hell gestrichenes Haus und kam feixend näher. »Mannomann, ich hätte nie gedacht, dass ich meinen zurückhaltenden Bruder mal dabei erwische, wie er sich in aller Öffentlichkeit heißblütig auf eine Frau stürzt.«

Er blickte zu Cathy. »Doch du warst ja offensichtlich damit einverstanden«, meinte er in anzüglichem Tonfall. Als sie daraufhin errötete, zwinkerte er ihr zu und wandte sich wieder an Josh. »Wieso hast du mir verschwiegen, dass zwischen euch schon was läuft?«

Er wirkte ein wenig verärgert.

»Hab ich nicht.« Josh kratzte sich am Kinn. »Das ist unser erstes Date.« »Im Ernst?« Mick blinzelte verdattert. »Und da gehst DU schon so ran?«

Er schaute erneut zu Cathy und musterte sie mit zusammen gekniffenen Augen. »Wow, du musst noch schärfer sein, als ich dachte.«

Du ahnst nicht, wie scharf.

Aber das ging seinen Bruder nichts an.

»Es reicht, Mick.« Josh warf ihm einen warnenden Blick zu. »Du hattest deinen Spaß, jetzt verschwinde. Cathy und ich haben noch etwas vor.«

»Zweifellos.«

Mick lachte dreckig. »Viel Vergnügen dabei.« Er hob lässig die Hand zum Abschied und schlenderte davon.

»Denkt er etwa, dass wir …«, flüsterte Cathy hörbar schockiert. »Ja, weil er von sich ausgeht«, unterbrach Josh sie mitten im Satz und sah sie etwas verlegen an.

Ihm war bewusst, dass sie seine Erektion gespürt hatte. Er war immer noch steinhart. Kein Wunder nach acht Jahren ohne Sex. Trotzdem, schon heute mit ihr zu schlafen, würde ihm nicht im Traum einfallen.

»Du weißt hoffentlich, dass ich das nie tun würde«, sagte er rau und nahm sie erneut in die Arme.

Eine Stunde und ungezählte, heißblütige Küsse später stiegen sie am See wieder in den Wagen und machten sich auf den Heimweg.

Beide schwiegen sie dabei.

Es war eine zärtliche Stille; erfüllt von der Gewissheit, dass sie keine weiteren Dates benötigen würden, um auszuloten, ob sie eine Beziehung miteinander eingehen wollten. Sie hatten sie bereits.

Nachdem er Cathy an ihrer Wohnung abgesetzt hatte, fuhr Josh nicht direkt nach Hause, sondern machte noch einen kurzen Abstecher zu seiner Mutter.

Diese freute sich unbändig, als sie vernahm, dass sich ihr lang gehegter Wunsch für ihn erfüllt hatte.

»Oh mein Gott, Josh!«

Sie umarmte ihn innig. »Ich bin deiner Cathy zwar noch nicht begegnet, habe jedoch nur Gutes über sie gehört. Wann lerne ich sie kennen?«

Mütterliche Neugier blitzte in ihren blauen Augen auf.

»Bald«, versprach er lächelnd und griff nach dem Autoschlüssel. »Aber nun muss ich gehen. Jordan kommt gleich heim.« »Wie, denkst du, wird er auf die Neuigkeit reagieren?« Seine Mutter runzelte die Stirn. Offensichtlich dachte sie an die Katastrophe mit Heather.

»Mach dir keine Sorgen, Mum.«

Josh wiederholte, was er auch Cathy dargelegt hatte. »Ich bin sicher, die zwei werden sich gut verstehen.«

Jordan kam wenige Minuten nach ihm zu Hause an.

»Hi, Dad! Das war ein absolut cooles Wochenende!«, rief er, als er in die Küche stürmte. Sein Gesicht glühte sonnenverbrannt; Haare, T-Shirt und Jeans starrten vor Dreck, und er war bestens gelaunt, wie Josh erleichtert registrierte.

Das machte die Sache hoffentlich einfacher, denn seinen eigenen Worten zum Trotz war ihm nun doch etwas bang zumute.

»Gestern waren wir im Duck Mountain Park«, erzählte Jordan begeistert, während er sich ein Glas Milch einschüttete. »Und heute sind wir den ganzen Tag Quad gefahren!«

Okay, das erklärte sein verdrecktes Aussehen.

Josh wartete, bis er die Milch ausgetrunken hatte und räusperte sich dann nervös.

»Freut mich, dass es dir gefallen hat«, sagte er rau. »Bevor du duschen gehst, setz dich bitte zu mir. Ich muss dir etwas sagen« »Was denn?«

Jordans fröhliche Miene wurde jäh misstrauisch.

Na, toll.

Ehe ihn der Mut verließ, erklärte Josh ohne Umschweife:

»Ich habe eine Frau kennen gelernt. Sie ist neu in der Stadt und wir …« »Heißt das, du hast endlich wieder eine Freundin?«, fiel ihm Jordan mit einem freudestrahlenden Lächeln aufgeregt ins Wort.

Herr im Himmel.

Josh war dermaßen perplex über diese unverhofft positive Reaktion, dass er bloß stumm nicken konnte.

»Mann, bin ich froh. Jetzt können sie sich ihre blöden Sprüche in den Arsch schieben«, murmelte sein Sohn nun und biss sich in der nächsten Sekunde auf die Unterlippe.

»Äh, was für Sprüche?«

Josh runzelte irritiert die Stirn.

»Ach, nichts. Vergiss es.«

Jordan wich seinem Blick aus und in Josh begann eine Alarmglocke zu schrillen. Was war da los?

Entschlossen hakte er nach.

»Nein, ich vergesse es nicht, im Gegenteil«, sagte er scharf. »Ich will wissen, was du damit meinst. Und keine Lügen, verstanden?«

»Ach, Dad.«

Jordan raufte seine schmutzigen Haare und rückte dann sichtlich widerstrebend mit der Wahrheit heraus.

»Naja, da sind ein paar Jungs in meiner Klasse, die sagen manchmal so gemeine Sachen wie: Ist dein Alter schwul geworden?« Er wurde knallrot und senkte den Kopf. »Oder sie behaupten, du findest keine Frau, weil du keinen mehr hochkriegst«, nuschelte er verlegen.

»Was?!«

Josh fiel schockiert die Kinnlade herab.

Verdammt, er wusste aus eigener Erfahrung, dass Jungs in dem Alter nicht zimperlich miteinander umgingen, aber wie konnten diese kleinen Scheißer es wagen, seinem Sohn solche Gemeinheiten an den Kopf zu knallen? Ihn so zu verletzen?

Mühsam rang er seinen Zorn nieder.

»Warum hast du mir nie davon erzählt?«, fragte er mit gepresster Stimme.

»Weil es unwichtig ist.«

Jordan zuckte betont lässig mit den Schultern. »Wie gesagt, es sind bloß blöde Sprüche. Außerdem wollte ich dir nicht weh tun«, fügte er hinzu, hob den Kopf und lächelte schüchtern. »Wie heißt sie denn, deine Freundin?«

»Cathy«, krächzte Josh und nun war er derjenige, der den Blickkontakt mied, denn seine Augen waren feucht geworden. Er hatte sich in letzter Zeit öfters gefragt, ob Jordan in seinem jugendlichen Trotz überhaupt noch Gefühle für ihn empfand.

Ich wollte dir nicht weh tun.

Mit diesem Satz hatte sein Sohn soeben bewiesen, dass er ihn liebte. Er hatte geschwiegen, um ihn, seinen Dad, zu schützen. Das war zum Heulen schön.

»Ist sie nett?«, wollte Jordan jetzt wissen.

Josh blinzelte die Tränen weg, schluckte heftig und antwortete heiser:

»Ja, das ist sie und sie freut sich darauf, dich kennen zu lernen. Wir könnten in zwei Wochen gemeinsam mit ihr und Grandma zum Stadtfest gehen, was meinst du?«

Josh stellte den Vorschlag bewusst als Frage. Er wollte seinen Sohn keinesfalls dazu zwingen, doch dieser antwortete zu seiner großen Freude postwendend:

»In Ordnung, Dad.«

Das Stadtfest fand stets am zweiten August-Samstag im Legion Park statt, einer weitläufigen Grünanlage inmitten der Stadt, durch die der Fluss verlief. Mit einem großen Spielplatz, Baseball-Feldern und vielen Grillplätzen war das Areal bestens dazu geeignet. Aus der ganzen Region strömten die Menschen herbei, um miteinander zu feiern, zu essen, zu spielen und zu tanzen. Mehrere lokale Bands spielten auf zwei Bühnen. Außerdem gab es eine Kirmes und abends ein Feuerwerk der Superlative. Es war das Event des Sommers.

In diesem Jahr freute Josh sich besonders darauf, denn Cathy und er würden zum ersten Mal bei einer öffentlichen Veranstaltung als Paar auftreten. Überraschte Gesichter deswegen waren freilich kaum zu erwarten, höchstens neugierige Blicke. Ihre Beziehung hatte sich in Windeseile in der ganzen Stadt herumgesprochen.

Am Samstagmorgen pfiff Josh freudig vor sich hin, während er das Frühstück vorbereitete. Heute war der große Tag.

»Morgen, Dad.«

Jordan schlurfte in die Küche.

»Hey, gut geschlafen?« Josh stellte lächelnd eine Schüssel Rührei auf den Tisch. »Nö, total scheiße.« Jordan kratzte an einem Pickel am Kinn, plumpste auf seinen Stuhl und sah mürrisch zu ihm auf. »Ich war die halbe Nacht wach, weil zwei dämliche Stechmücken mich ständig anzapfen wollten«, motzte er bärbeißig, als sei Josh daran schuld, und machte sich über das Rührei her.

Na, toll.

Bloß ein Teenager war in der Lage, aus zwei Mücken ein derartiges Drama zu machen.

Josh kniff frustriert die Lippen zusammen.

Hoffentlich verbesserte sich die miese Laune seines Sohnes bis nachher. Er wollte nicht, dass Cathy ihn gleich beim ersten Aufeinandertreffen von seiner schlechtesten Seite erlebte. Doch dann fiel ihm ein, wie verständnisvoll sie über launenhafte Teenager gesprochen hatte und beruhigte sich. Kein Grund zur Panik.

Um zwölf verließen Jordan, der leider immer noch mürrisch war und er das Haus.

Zuerst holten sie seine Mutter ab und fuhren danach zu Cathy, die vor dem Haus bereits auf sie wartete. Joshs Puls raste blitzartig in die Höhe. Sie trug ein dunkelgrünes Top und einen weißen Fransenrock und sah bildhübsch aus.

»Hallo zusammen«, sagte sie fröhlich, als sie einstieg.

Zu seiner Enttäuschung küsste sie ihn nicht auf den Mund, sondern nur kurz auf die Wange und wandte sich sofort nach hinten. »Mrs. Railey. Jordan. Wie schön, dass wir uns endlich kennen lernen.«

Josh schaute gespannt in den Rückspiegel.

Erleichtert beobachtete er, wie Jordan zumindest ein halbwegs höfliches Lächeln zustande brachte, als er Cathy die Hand gab.

Margret Railey hingegen strahlte entzückt.

»Die Freude ist ganz auf meiner Seite, liebe Cathy«, entgegnete sie derart überschwänglich, dass Josh grinsen musste. Genau in diesem Moment sah Jordan ihm in die Augen und sein Grinsen gefror, denn der Blick seines Sohnes war unverhohlen wütend.

»Josh, fahr los.«

Seine Mutter klopfte ihm auf die Schulter. »Auf uns wartet ein Fest.«

»Ja«, stieß er rau hervor.

Auf der kurzen Fahrt zum Legion Park zermarterte er sich erfolglos den Kopf, was der Grund für Jordans plötzliche Wut sein könnte. Immer wieder blickte er in den Rückspiegel, doch sein Sohn spielte mit seinem Smartphone und sah kein einziges Mal mehr auf.

Als sie vor dem Park ausstiegen, wandte sich Cathy mit einem herzlichen Lächeln an Jordan. »Dein Dad hat mir erzählt, dass du dich hier oft mit Freunden zum Baseball triffst. Da habt ihr bestimmt immer viel Spaß.«

»Ja«, gab Jordan brüsk zur Antwort und schaute zu Josh. »Muss ich bei euch bleiben oder kann ich sofort zu meinen Freunden?«, fragte er in streitsüchtigem Tonfall. Seine braunen Augen glühten immer noch wütend.

Josh zögerte nur einen Sekundenbruchteil.

Normalerweise verbrachten sie die erste Stunde auf dem Fest stets gemeinsam als Familie, aber er würde ihnen allen keinen Gefallen tun, wenn er heute auf dieser Regel bestand. So mies, wie sein Sohn drauf war, konnte das nur in einer Katastrophe enden.

»Kein Problem, geh ruhig«, antwortete er deshalb knapp. »Bis später.«

»Wieso hast du ihm das erlaubt?«, fragte seine Mutter verwundert, nachdem Jordan wie ein geölter Blitz davongerannt war.

»Weil er schon seit dem Aufstehen grässlich gelaunt ist und ich einfach keine Lust mehr auf sein mürrisches Gesicht habe«, erwiderte Josh etwas zu heftig.

»Meinst du, seine schlechte Laune hat mit mir zu tun?«

Cathy blickte ihn verunsichert an.

»Nein, auf keinen Fall.« Er lächelte ihr beruhigend zu und seufzte. »Er hat bloß einen dieser typischen Ich-bin-ein-armer-Teenager-und-hasse-die-Ganze-Welt-Tage.« »Oje, die sind ja auch grässlich. Ich erinnere mich noch gut an meine eigenen«, erwiderte sie verständnisvoll.

»Und ich mich an die von Josh«, warf Margret Railey grinsend ein. »Er war manchmal …« »Anstatt meine Jugendsünden auszuplaudern, könntest du bitte schon mal vorgehen, Mum?«, unterbrach Josh sie ungeduldig und warf ihr einen bedeutungsvollen Blick zu. »Natürlich, mein Lieber. Lasst euch Zeit.«

Seine Mutter zwinkerte und schlenderte davon.

»Warum hast du sie weggeschickt?« Cathy sah gespielt konsterniert zu ihm auf, ihre grünen Augen funkelten schelmisch. Josh lachte und beantwortete ihre Frage mit einem langen, heißen Kuss.

Danach stürzten sie sich Hand in Hand ins Getümmel.

Wie erwartet folgten ihnen viele Blicke. Neugierig, aber durchweg wohlgesinnt.

Von wenigen Ausnahmen mal abgesehen.

Auf der Kirmes kam ihnen Robert Jenkins entgegen. Er verzog angesäuert das Gesicht, als er sie sah und wechselte abrupt die Richtung. Nur wenige Meter weiter hockten Veronica und Mandy Weston auf einer Bank und vertilgten Zuckerwatte.

Josh, seine Mutter und Cathy grüßten die beiden höflich, erhielten jedoch keine Antwort.

Die zwei Klatschbasen rümpften entrüstet ihre fleischigen Nasen und begannen, miteinander zu tuscheln.

»Passt auf, dass ihr euch nicht auf die Zungen beißt, sonst erstickt ihr an eurem eigenen Gift« sagte Margret Railey mit spöttischer Stimme laut und sorgte damit für schadenfrohes Gelächter ringsherum. Mandy und Veronica liefen knallrot an. So deutlich bekamen sie ihre Unbeliebtheit selten zu spüren.

Geschieht euch recht, dachte Josh ungerührt.

»Viel Spaß noch.«

Nach einer Stunde verabschiedete sich seine Mutter von ihnen und gesellte sich zu ihren Nachbarn. Cathy und er bummelten weiter zu einem großen Grillplatz, der nahe am Fluss lag. Dort trafen sie wie verabredet Roy und dessen Familie, mit denen sie den restlichen Tag verbrachten.

Bei Einbruch der Dämmerung fand das Feuerwerk statt.

Es war grandios, wie jedes Jahr.

Trotzdem konnte Josh es nicht richtig genießen. Seine Gedanken kreisten um Jordan.

Seit seinem zehnten Lebensjahr durfte sein Sohn am Stadtfest eigene Wege gehen. Normalerweise schaute er jedoch ab und zu bei ihm vorbei; meist, um ein paar zusätzliche Dollar zu erbetteln. Heute hingegen war er kein einziges Mal aufgetaucht, obwohl sie morgens noch darüber gesprochen hatten. Das einzige Lebenszeichen von ihm war eine WhatsApp am späten Nachmittag gewesen.

Ich sehe das Feuerwerk mit Steven und seinen Eltern an. Die bringen mich danach auch heim.

Grundsätzlich ging das in Ordnung. Bei Stevens Eltern war er gut aufgehoben.

Josh sah stirnrunzelnd zum Himmel hoch, an dem die nächsten Raketen explodierten. Der Knackpunkt war, dass Jordan sonst immer mit ihm das Feuerwerk angeschaut hatte. Zum Glück wusste Cathy das nicht. Sie hätte womöglich wieder befürchtet, es läge an ihr, obwohl das Unsinn war. Jordan war ja begeistert, dass sein Dad wieder eine Freundin hatte.

Derselbe Dad, den er heute Mittag wütend angefunkelt hatte.

Josh hatte keinen Schimmer weshalb, doch er ahnte, dass sein Fernbleiben damit zusammenhing und er war fest entschlossen, seinen Sohn später zur Rede zu stellen.

Jordan saß im Wohnzimmer vor dem Fernseher, als er eine Stunde nach dem Feuerwerk nach Hause kam.

»Schalt aus, wir müssen reden«, befahl Josh brüsk.

Jordans Miene verfinsterte sich augenblicklich, er gehorchte jedoch umgehend. Josh setzte sich ihm gegenüber und verschränkte die Arme.

»Okay, raus mit der Sprache«, sagte er etwas freundlicher. »Du bist wütend auf mich, so viel habe ich kapiert. Ich weiß bloß nicht weshalb, also erklär es mir.«

»Du hast mich angelogen, Dad!«, brauste sein Sohn jäh auf und starrte ihn feindselig an. »Du hast behauptet, Cathy sei nett, aber das stimmt nicht! Außerdem ist sie fett und ihre Locken sehen ätzend aus. Ich bin total enttäuscht von ihr.«

Die brutale, gehässige Antwort traf Josh wie ein Keulenschlag. Tief getroffen rang er nach Worten, brachte jedoch sekundenlang keine einzige Silbe heraus.

Dann stieg Zorn in ihm auf, eisig kalt und half ihm, die Fassung wieder zu erlangen.

Wie konnte Jordan es wagen!

Es juckte Josh in den Fingern, ihm eine deftige Ohrfeige zu verpassen, aber der rationale Teil in ihm siegte. Die Situation war schon schlimm genug; sie weckte böse Erinnerungen an die Zeit mit Heather. Bloß, dass diesmal Jordan der ablehnende Part war.

Verdammt, dem musste er von Beginn an den Riegel vorschieben. Auf keinen Fall durfte sich die Geschichte wiederholen.

Josh straffte sich und fixierte seinen Sohn, der seinem Blick trotzig standhielt, frostig.

»So, du bist also enttäuscht«, sagte er in stählernem Tonfall. »Nun, ich auch. Über deine rotzfreche Anmaßung, mit der du meine Freundin verunglimpfst, du mieser, kleiner Scheißer.«

Jordan riss erschreckt die Augen auf bei dieser rüden Anrede, aber Josh kam jetzt erst richtig in Fahrt.

»Cathy ist deiner Meinung nach also nicht nett. Wie willst du das beurteilen, nach nur wenigen Minuten gemeinsamer Autofahrt, bei der du sowieso die ganze Zeit bloß auf dein Smartphone geglotzt hast? Das ist dreist, Jordan!« Er brüllte jetzt. »Du hattest den ganzen Tag Gelegenheit, zu uns zu kommen, dich mit ihr zu unterhalten! Dann hättest du schnell gemerkt, dass ich nicht gelogen habe!«

Josh erhob sich, holte ein Fotoalbum aus dem Wohnzimmerschrank, schlug es auf und knallte es auf den Tisch.

»Kommen wir zum zweiten Teil deiner unverschämten Äußerung«, knurrte er schroff und zeigte auf ein Foto von Sandra. »Das ist dein Lieblingsbild von Mum, nicht wahr? Siehst du, was ich sehe? Sie hat fast exakt dieselbe Figur wie Cathy, aber sie hast du noch nie als fett bezeichnet. Erklär mir das.«

Jordan, inzwischen leichenblass, schluckte hörbar und starrte stumm auf das Foto.

»Was ist, fällt dir keine Antwort ein?«, fragte Josh scharf. »Mir schon. Offenbar hattest du eine gewisse Vorstellung von Cathy. Dann stellst du fest, sie ist völlig anders, doch anstatt ihr eine Chance zu geben, verurteilst du sie erbarmungslos. Das ist unfair und respektlos.«

Er setzte sich wieder. Sein Zorn flaute langsam ab. Dadurch spürte er den Schmerz stärker und deshalb nahm er kein Blatt vor den Mund. Sein Sohn musste begreifen, was seine Worte angerichtet hatten.

»Du hast mir die Sprüche deiner Klassenkameraden verschwiegen, weil du mir nicht weh tun wolltest, hast du gesagt. Aber jetzt hast du mir wehgetan; um ein Vielfaches mehr, als ihre Sprüche es je hätten tun können. Ich bin tief verletzt, Jordan.« Er atmete zittrig durch und fuhr mit rauer Stimme fort: »Cathy entspricht vielleicht nicht deinem Geschmack, dafür umso mehr meinem. Ich mag ihre angeblich ätzenden Locken, ihre herzliche Art, wie sie lacht, einfach alles an ihr und sie macht mich glücklich. Sollte das nicht das Wichtigste für dich sein?«

Sein Sohn hatte sich die ganze Zeit über nicht gerührt.

Noch immer starrte er auf das Foto; in seinem Gesicht arbeitete es jedoch sichtlich. Angespannt beobachtete Josh ihn. Sein Herz klopfte schmerzhaft.

»Doch, ja«, murmelte Jordan nach einer Weile und klappte das Album zu. Dann hob er den Kopf und schaute ihn an. In seinen Augen lag eine Mischung aus schlechtem Gewissen, Unsicherheit, Trotz und Zweifel. »Ich, ich werde mir Mühe geben, mit ihr klar zu kommen, Dad«, sagte er stockend.

Die Antwort war nicht das, was Josh erhofft hatte, doch fürs Erste musste es wohl genügen.

»Das hoffe ich, denn eines sage ich dir: ich werde diese Beziehung ganz bestimmt nicht beenden, bloß, weil du ein Problem hast«, stellte er nachdrücklich klar. »Und jetzt geh in dein Zimmer. Ich will allein sein.«

Schweigend ging Jordan hinaus.

Josh goss sich einen Whisky ein und schaute nach draußen in die Dunkelheit. Er war am Boden zerstört.

Nach dem Feuerwerk hatten Cathy und er noch einen Spaziergang gemacht, über den herrlichen Tag geredet und sich vorhin mit einem leidenschaftlichen Kuss voneinander verabschiedet. Jetzt saß sie wahrscheinlich mit einem Buch auf ihrer Couch und freute sich auf morgen. Sie waren mit Roy und Mel zum Kaffee im »First Swan Hotel« verabredet.

Eigentlich hatte er geplant, Jordan mitzunehmen.

In der trügerischen Annahme, dass sich dessen Wut nur auf ihn bezog und er das heute Abend klären konnte. Welch ein furchtbarer Irrtum.

Verzweifelt schloss Josh die Augen.

Wie um alles in der Welt sollte er Cathy beibringen, dass ihre Befürchtung, die er vehement verneint hatte, sich als wahr herausgestellt hatte?

Kapitel 11

»Josh! Josh!«

Cathy umklammerte seine Schultern und schrie ungehemmt ihre Lust heraus, als der Höhepunkt sie überrollte.

Im nächsten Moment kam auch er, mit einem tiefen animalischen Grollen. Die Augen geschlossen, lehnte er hinterher einige Sekunden lang heftig keuchend seine schweißnasse Stirn an ihre, dann zog er sich sachte zurück und drehte sich wohlig stöhnend auf den Rücken.

»Du machst mich fertig, Schatz und ich liebe dich dafür.« Er streckte den Arm aus. »Komm her.«

Sie kuschelte sich an ihn und lauschte seinem Herzschlag, der wie ihr eigener nur langsam ruhiger wurde. Am liebsten hätte sie die ganze Nacht so verbracht, eng an ihn geschmiegt. Leider war das vergebliches Wunschdenken. Er blieb nie über Nacht.

Wegen Jordan.

»Es tut mir leid, aber ich muss jetzt wirklich los«, sagte Josh nach einer Weile leise.

Eigentlich hatte er schon vor einer Stunde gehen wollen. Ihr Abschiedskuss löste jedoch erneut hitzige Leidenschaft in ihnen aus und infolgedessen waren sie ein drittes Mal an diesem Abend im Bett gelandet.

Doch nun war ihre gemeinsame Zeit endgültig um.

»Ja, ich weiß«, erwiderte Cathy ebenso leise und löste sich von ihm. Schweigend sah sie zu, wie er sich rasch anzog und begleitete ihn, nackt wie sie war, zur Tür.

»Schlaf gut.« Josh küsste sie zärtlich. »Bis morgen Mittag.« Seine Mutter hatte sie beide, Jordan und Mick zum Sonntagsessen eingeladen.

»Ja, bis morgen.«

Cathy lächelte betont fröhlich. Er sollte nicht merken, wie angespannt sie war.

Wegen Jordan.

Das letzte Aufeinandertreffen mit ihm steckte ihr immer noch in den Knochen.

Am vergangenen Samstag waren sie zu dritt im Kino und hinterher noch bei einem Burger gewesen und der Junge hatte den ganzen Abend lediglich zehn Worte mit ihr gewechselt. Ein neuer Negativ-Rekord.

Nachdem Josh weg war, zog sie ihren Morgenmantel über und kochte sich einen Tee.

Es war kurz nach elf, aber sie war noch nicht müde. Draußen klapperten wild die Rollladen. Seit heute Mittag fegte ein herbstliches Sturmtief über Swan River hinweg.

Wie passend, dachte Cathy bedrückt.

Sie hatte es viel zu lang vor sich selbst geleugnet, doch jetzt sah sie der Wahrheit ins Gesicht: In ihr stürmte es auch, bereits seit Wochen. Sie nahm die Teetasse und ging zurück ins Schlafzimmer. Beim Anblick des zerwühlten Bettes stiegen Tränen in ihre Augen.

»Verdammt«, sagte sie erstickt und begann zu schluchzen.

Es hätte alles so schön sein können.

Josh und sie waren nun zweieinhalb Monate zusammen. Sie verstanden sich gut, hatten viel Spaß miteinander und der Sex war wunderschön. Eine liebevolle Partnerschaft, wie sie sie sich immer gewünscht hatte.

Leider gab es einen bitteren, schmerzhaften Wermutstropfen.

Jordan.

Joshs Sohn war von Beginn an ihr gegenüber distanziert gewesen und daran hatte sich bis zum heutigen Tag nichts geändert. Er war höflich, hielt sie jedoch strikt auf Abstand. Sie kam einfach nicht an ihn ran. Josh beteuerte zwar ständig, das ändere sich bestimmt bald; Jordan benötige bloß mehr Zeit, um sich an sie zu gewöhnen, aber er wirkte selber zunehmend verunsichert dabei.

Cathy wischte mit zitternden Fingern ihre Tränen ab.

Auf Dauer hielt sie diese schmerzhafte Ablehnung nicht aus, so viel stand fest. Um sich selbst zu schützen, sollte sie sich von Josh trennen, doch allein der Gedanke war dermaßen fürchterlich, dass sie erneut in Tränen ausbrach. Sie konnte und wollte den Traum von einer gemeinsamen Zukunft mit ihm noch nicht aufgeben.

Und vielleicht, *vielleicht* hatte er ja Recht und Jordan würde irgendwann auftauen und sie akzeptieren. Sie musste einfach an ein Wunder glauben.

Leichter gesagt, als getan.

Am nächsten Tag, während des Mittagessen bei Margret, versuchte Cathy wiederum erfolglos, mit dem Jungen ins Gespräch zu kommen. Er beantwortete ihre Fragen zwar höflich mit Ja oder Nein, wandte sich danach aber jedes Mal sofort von ihr ab und sprach seine Großmutter oder Mick an. Den beiden schien das nicht aufzufallen.

Josh dagegen bemerkte es und Cathy sah ihm an, dass er genauso frustriert war wie sie.

»Es tut mir leid, Schatz«, sagte er mit rauer Stimme, als sie sich später voneinander verabschiedeten und schaute sie beinahe beschwörend an. »Warte ab, das wird schon noch.«

Cathy nickte nur stumm.

Womöglich hätte sie trotz allem weiter gehofft, doch am darauffolgenden Freitag geschah etwas, das ihr jegliche Illusion raubte.

Sie hatte nach der Arbeit in der Bibliothek bei Judith vorbeigeschaut und sich fürs Wochenende drei neue Bücher ausgeliehen. Danach kaufte sie in einem Supermarkt rasch fürs Abendessen ein. Josh würde gegen Sieben zu ihr kommen. Sie wollten zusammen kochen und danach einen Film anschauen.

Cathy war auf dem Weg zur Kasse, da kam ihr in einem Gang plötzlich Jordan mit zwei etwa gleichaltrigen Jungs entgegen. Er verzog missmutig das Gesicht, als er sie entdeckte. Sie begrüßte ihn trotzdem freundlich, erhielt jedoch keine Antwort. Schweigend marschierte er an ihr vorüber und warf ihr dabei einen unverkennbar feindseligen Blick zu. Tief getroffen drehte sie sich weg, da hörte sie, wie einer der Jungs neugierig fragte: »Wer war das?«

»Niemand«, gab Jordan brüsk zur Antwort.

Niemand?

Cathy erstarrte. Sie war die Freundin seines Vaters und er bezeichnete sie als »Niemand«? Diese demütigende, verbale Ohrfeige gab ihr den Rest.

Ich kann nicht mehr.

Sie ließ den Einkaufswagen stehen und verließ den Supermarkt. Ihre Entscheidung war gefallen.

Wenige Minuten später betrat sie die Werkstatt.

Da es bereits kurz vor sechs war, hielten sich keine Kunden mehr dort auf. Mick und Josh saßen gemeinsam im Büro und sahen einige Papiere durch, als sie hereinkam.

»Hallo, Schatz, so eine Überraschung!«

Josh erhob sich mit einem erfreuten Grinsen, das allerdings schnell erlosch. »Alles okay mit dir? Du bist ganz blass«, meinte er erschrocken und kam auf sie zu.

»Nicht!«

Cathy hob abwehrend die Hände. Wenn er sie jetzt in den Arm nahm, würde sie es nicht über sich bringen, die Trennung durchzuziehen. Doch das musste sie, so sehr ihr Herz auch blutete. Sie sah zu Mick. »Bitte, lass uns allein«, bat sie leise.

Er zog überrascht die Augenbrauen hoch, stand aber sofort auf und schloss die Türe hinter sich.

»Cathy, was soll das?«, fragte Josh stirnrunzelnd.

»Ich bin deinem Sohn begegnet«, erklärte sie knapp und berichtete ihm von der Szene.

»Das hat er wirklich gesagt?« Josh war tief bestürzt.

»Ja, und mir ist dadurch endgültig klargeworden, dass unsere Beziehung keine Zukunft hat«, entgegnete sie mit fester Stimme. Josh wurde daraufhin kreidebleich.

»Du, du machst Schluss?«, stammelte er entsetzt. »Tu das nicht, bitte!« Panik flackerte in seinen blauen Augen. »Gib noch nicht auf, Schatz. Vielleicht …«

»Josh, ich glaube nicht mehr an ein Vielleicht!«, fiel Cathy ihm hart ins Wort und unterdrückte mit aller Macht die Tränen. Es brachte sie beinahe um, ihn so verzweifelt zu sehen. Aber das änderte nichts an ihrer Entscheidung.

»Es ist sinnlos, auf etwas zu hoffen, das niemals eintreffen wird«, sagte sie erstickt. »Fakt ist: Jordan kann mich nicht ausstehen und das ertrage ich nicht länger.«

Sie wandte sich ab.

»Cathy, nein!«, flehte Josh hinter ihr dermaßen herzzerreißend, dass sie nun doch in Tränen ausbrach. Trotzdem ging sie weiter, verließ das Büro und ihn.

Draußen stand Mick in lässiger Pose auf dem Parkplatz. Er rauchte, schnippte die Zigarette jedoch augenblicklich weg, als er sie sah.

»Hey, was ist denn los?«, fragte er alarmiert. Seine Augen weiteten sich sorgenvoll. »Habt ihr euch gestritten?«

Cathy konnte nicht antworten. Sie schüttelte bloß den Kopf und überquerte tränenblind die Main Street.

Eine Stunde danach lag sie zusammengerollt auf der Couch und weinte noch immer.

Ihr Verstand sagte, dass sie richtig gehandelt hatte, doch ihr Herz blieb beinahe stehen vor Schmerz. Josh aufgeben zu müssen, war tausendfach schlimmer als ihre Trennung von Brad. Ihren Ex-Mann hatte sie nicht mehr geliebt und war einfach nur froh gewesen, dass er aus ihrem Leben verschwand.

Josh hingegen, oh Gott.

Wie sollte sie es nur aushalten, ihn weiterhin zu sehen?

Cathy griff nach einem neuen Taschentuch und schnäuzte sich. Im selben Moment klopfte es an ihrer Wohnungstür.

»Cathy, ich bin es, Mick.«

Mick?

Erschrocken und verwirrt setzte sie sich auf. Ihr Herz raste. Warum war er hier? Und wie um alles in der Welt war er ins Haus gelangt?

Sie tapste mit wackeligen Beinen zur Türe, öffnete sie jedoch nicht.

»Was willst du?«, fragte sie zittrig und riss fassungslos Augen und Mund auf bei seiner Antwort.

»Ich will gar nichts, aber neben mir steht ein reumütiger Teenager, der sich bei dir entschuldigen will.«

Oh, mein Gott!

Hatte sie richtig gehört?

Zögernd machte sie die Türe auf und starrte entgeistert auf das Bild, das sich ihr bot.

Wie ein Häufchen Elend stand Jordan vor ihr. Sein Gesicht war verheult, die rechte Wange leuchtete knallrot.

»Cathy, es, es tut mir schrecklich leid. Du, du bist kein Niemand«, stammelte er mit bebender Stimme. »Bitte mach nicht Schluss mit Dad.« Er schniefte einige Male und sah sie beschwörend an. »Ich werde auch nie wieder gemein zu dir sein, das verspreche ich.«

Cathy entwich ein fassungsloses Lachen.

Da war es, das Wunder, auf das sie gehofft hatte. Doch wie war es zustande gekommen? Fragend blickte sie zu Mick, der die Szene mit unbewegter Miene verfolgt hatte. Er sah ihr offenbar an, was sie dachte.

»Weißt du, wenn jemand meinen Bruder zum Weinen bringt, bekommt er es mit mir zu tun«, erklärte er ruhig. »Da du jedoch in diesem Fall auch nur eine Leidtragende warst, habe ich mich auf die Suche nach dem wahren Schuldigen gemacht.«

Er zeigte mit dem Daumen auf Jordan und lächelte grimmig. »Mein Neffe und ich hatten ein intensives Gespräch unter vier Augen. Es hat nicht lange gedauert, bis er kapierte, dass sein Verhalten dir gegenüber absolut Scheiße war.«

Cathy blickte auf Jordans knallrote Wange und schluckte hart. Mick hatte ihn geohrfeigt. War der Junge nur deshalb bußfertig oder empfand er echte Reue?

 Sie musste es wissen. Ihre Zukunft hing davon ab.

»Du willst wirklich, dass ich mit deinem Dad zusammenbleibe?«, fragte sie und sah Jordan fest in die Augen dabei.

»Ja«, erwiderte er heiser.

»Und du hättest auch nichts dagegen, wenn wir irgendwann heiraten und vielleicht noch ein Kind zusammen bekämen?«, hakte sie nach.

»Nein.« Das klang entschlossen. Hinzu kam sein offener, ehrlicher Blick. Er meinte es tatsächlich ernst.

»Okay, ich glaube dir.« Cathy lächelte befreit.

Jordan schniefte erneut, dann lächelte er ebenfalls und erwiderte hörbar erleichtert: »Danke.«

»Wunderbar.«

Mick klatschte in die Hände. Er wirkte äußerst zufrieden. »Kommen wir zum Finale«, sagte er heiter und zwinkerte Cathy zu. »Jordan und ich fahren jetzt zu Josh und holen ihn aus seinem Jammertal. Danach schicken wir ihn zu dir, und wir beide«, er gab seinem Neffen einen liebevoll ruppigen Knuff, »machen uns einen gemütlichen Männerabend bei mir. Los geht's!«

Er drehte sich um und lief pfeifend die Treppe hinab.

Jordan folgte ihm.

Sie waren schon fast unten, da fiel Cathy ein, dass sie sich gar nicht bedankt hatte.

»Mick Railey, das werde ich dir nie vergessen!«, rief sie laut. »Irgendwann werde ich mich dafür revanchieren.« »Ach was. Mach meinen Bruder glücklich, das genügt!«, rief er lässig zurück, ohne sich umzudrehen.

Dann waren sie weg.

Cathy schloss die Türe und brach in Freudentränen aus.

Zwanzig Minuten später kam Josh, und in dieser Nacht fuhr er nicht nach Hause.

Neun Monate danach

Die Kirche war bis auf den letzten Platz besetzt, doch noch immer strömten Menschen herein.

Josh stand vor dem Altar und konnte es kaum fassen.

Cathy und er hatten damit gerechnet, dass viele kommen würden, aber diese Menge überwältigte ihn. Wohin er auch sah, blickte er in vertraute Gesichter.

Roy, sein bester Freund, saß links in der dritten Reihe, samt Familie. Nur Melanie war nicht dabei. Sie fungierte als Brautjungfer.

Hinter den Brewsters entdeckte er Ed Morris mit Frau, sowie Cathys ehemalige Vermieterin Judith Johnson.

Auf der rechten Seite, zum Glück ganz weit hinten, saßen Veronica und Mandy Weston. Die beiden korpulenten Klatschbasen trugen Rüschenkleider in leuchtendem Pink.

Josh blinzelte entgeistert.

Autsch.

Hastig schaute er weg.

Einige Reihen weiter vorn unterhielt Patrick sich fröhlich mit Robert Jenkins und dessen neuer, spindeldürrer Freundin. Josh grübelte gerade darüber nach, wie diese hieß, da sprach ihn der Geistliche an:

»Ich denke, wir sollten beginnen.«

»In Ordnung.«

Josh straffte die Schultern und atmete tief durch. Bislang war er relativ gelassen gewesen, aber nun hämmerte sein Herz wie verrückt los.

Es war soweit. Gleich würde Cathy seine Frau werden.

»Bist du dir sicher? Noch kannst du abhauen«, raunte Mick ihm ins Ohr, als die ersten Töne des Hochzeitsmarsches erklangen. »Idiot«, gab Josh liebevoll lachend zurück und sah seinen feixenden Bruder dankbar an. Ohne dessen beherztes Eingreifen im vergangenen Oktober würde er jetzt nicht hier stehen.

Josh wusste bis heute nicht, was Mick damals zu Jordan gesagt hatte. Beide schwiegen sich darüber aus. Im Grunde war es auch egal. Dieses Gespräch unter vier Augen hatte jedenfalls die trotzige Schale seines Sohnes geknackt. In den darauffolgenden Wochen und Monaten verbesserte sich das Verhältnis zwischen ihm und Cathy kontinuierlich und mittlerweile waren die zwei sich von Herzen zugetan.

Josh fing einen Blick seiner Mutter auf.

Ihre Augen strahlten selig. Er lächelte ihr kurz zu und richtete seine Aufmerksamkeit rasch wieder nach vorn, denn Melanie betrat nun den Mittelgang. Neben ihr tippelte Peyton. Die Kleine hielt ein Körbchen mit Blütenblättern, die sie bezaubernd ungeschickt auf dem Boden verstreute.

Und dann hallten jäh lautstarke, entzückte Rufe durch die Kirche. »AH!« »OH!«, ertönte es von allen Seiten.

Josh stockte der Atem.

Herr im Himmel.

Cathy war zu Niederknien schön.

Das schlichte, weiße Hochzeitskleid schmiegte sich perfekt um ihre sexy Kurven. Ein kleiner Schleier steckte in ihren schokobraunen Locken. Anstelle eines Buketts trug sie eine einzelne, langstielige rote Rose in der Hand.

Hinter ihr gingen Nora und Beth. Ihre Arbeitskolleginnen trugen die Schleppe. Josh nahm die beiden jedoch kaum wahr. Er hatte bloß Augen für seine wunderschöne Braut und den jungen Mann, der mit feierlicher Miene neben ihr her schritt. Jordan hatte darauf bestanden, sie zum Altar zu führen.

Joshs Kinn begann zu zittern. Mühsam rang er um Fassung, und verlor. Tränen verschleierten seinen Blick, während er beobachtete, wie sein wunderbarer Sohn und Cathy langsam näherkamen.

Da vernahm er auf einmal neben sich ein leises Schniefen.

Er schaute zu Mick und schluckte perplex.

Sein Bruder, der sexistische »Bad Boy«, dem in seinen Affären jegliche Romantik abging, wischte sich verstohlen eine Träne der Rührung von der Wange.

Das erschütterte ihn, allerdings auf erfreuliche Weise. Bewies es doch, dass Mick, obwohl dieser es garantiert abstreiten würde, anscheinend nicht völlig immun war, wenn es um Liebe ging. Vielleicht war er ja doch kein hoffnungsloser Fall.

Melanie, die Peyton inzwischen auf dem Arm hatte, gesellte sich nun lächelnd zu ihnen.

Gleich darauf übergab Jordan mit stolzen, glänzenden Augen Cathy an seinen Vater.

Josh war bewusst, dass es dem Teenager peinlich sein würde, aber er konnte sich nicht beherrschen. Er umarmte Jordan innig. »Danke«, flüsterte er erstickt.

»Schon gut, Dad.«

Jordan wand sich hastig aus seinen Armen und flüchtete auf seinen Platz.

Zwanzig Minuten später erklärte der Geistliche mit einem herzlichen Lächeln Josh Railey und Cathy Allister zu Mann und Frau.

»Ihr dürft euch jetzt küssen.«

Die Aufforderung hätte er sich sparen können.

Unter dem tosenden Beifall der Gäste umfasste Josh mit beiden Händen zärtlich das tränenfeuchte, glückstrahlende Gesicht seiner Frau.

»Ich liebe dich, Mrs. Railey«, flüsterte er rau und küsste sie.

Mick

Kapitel 1

»Ja, oh ja, Baby. Du bist so gut.«

Mick stöhnte laut und blickte keuchend vor Lust auf Samantha hinunter, die vor ihm kniete und ihn genüsslich mit dem Mund befriedigte. Himmel, diese Frau war zwar nicht sonderlich helle, aber was Sex anbelangte, ein Geschenk für die Männerwelt und nur darauf kam es schließlich an.

Er lehnte den Kopf wieder gegen die Wand, schloss die Augen und überließ sich ganz seinem Genuss. Sammy beschleunigte nun das Tempo. Erneut stöhnte er auf und kurz darauf kam es ihm auch schon. Ein gewaltiger Orgasmus schüttelte seinen Körper.

Nachdem er wieder zu Atem gekommen war, schloss Mick seinen Reißverschluss und zog Samantha zu sich hoch. »So verbringe ich die Mittagspause am liebsten«, meinte er breit grinsend. »Ich auch«, erwiderte sie kichernd. »Sehen wir uns heute Abend wieder?« Sie klimperte kokett mit den Wimpern. »Ich könnte uns was Feines kochen.«

»Stopp!«

Mick hob sofort abwehrend die Hand und sagte schroff: »Du brichst gerade die Regeln.«

Er hatte die blonde Sammy vor vier Wochen in einer Bar aufgerissen. Sie war neu in der Stadt, einsam und unverhohlen interessiert gewesen. Demzufolge benötigte er keinerlei Überredungskünste, sie ins Bett zu kriegen.

In ihr eigenes, denn Regel Nummer Eins lautete:

Mick Railey nahm niemals eine Frau mit zu sich nach Hause.

Nach jener ersten Nacht hatte er Samantha seine weiteren Regeln erklärt. Wenn sie wollte, konnten sie sich weiterhin treffen. Er stand allerdings weder für Spaziergänge bei Mondschein zur Verfügung, noch für Kinobesuche oder ähnlichen romantischen Blödsinn. Er wollte Sex mit ihr, sonst nichts und auch das bloß für eine gewisse Zeit. Längere Affären waren nicht sein Ding. Sammy hatte sich mit allem einverstanden erklärt.

Und jetzt wollte sie für ihn kochen wie eine verdammte Ehefrau?

»Sorry Baby, aber damit hat sich die Sache zwischen uns erledigt«, erklärte Mick entschieden und schob sie von sich weg. »Wenn du einen Mann bekochen willst, such dir einen anderen. Ich bin raus.« Samantha starrte ihn schockiert an, aber das war ihm egal. »Leb wohl, war nett mit dir.«

Er marschierte zur Türe und verließ ihre Wohnung. Sein Schwanz zuckte zwar etwas bedauernd, aber kein noch so geiler Blowjob war es wert, seine Freiheit zu gefährden. Das Letzte, nein das Allerletzte was Mick wollte, war eine Beziehung und darauf hatte Sammy offenbar entgegen ihrer Beteuerungen spekuliert. Ihr Pech.

»Alles okay mit dir?«, fragte Josh mit gerunzelter Stirn, als er wenige Minuten später das Büro ihrer gemeinsamen Werkstatt betrat. »Du siehst irgendwie angefressen aus.«

»Bin ich nicht.«

Mick griff nach dem Schlüssel des Wagens, den er als nächstes reparieren musste. Natürlich hatte Josh recht. Er war angefressen, doch er wollte ihm nicht sagen, weshalb. Dann bekäme er garantiert wieder eine Gardinenpredigt zu hören. Darauf konnte er verzichten.

»Bist du sicher?«, hakte Josh nach, während er aufstand und seinen Rücken dehnte. »Ganz sicher, alter Mann«, entgegnete Mick lässig und wich feixend seinem Boxhieb aus. »Und jetzt hau ab.«

Da die Werkstatt ganztägig geöffnet hatte, wechselten sie sich mit der Mittagspause ab.

»Dann bis nachher.«

Josh ging pfeifend hinaus. Mick folgte ihm, da er noch eine Zigarette rauchen wollte, ehe er mit der Arbeit begann und blickte ihm gedankenverloren hinterher.

Er liebte seinen Bruder sehr, obwohl sie sich in vielen Dingen erheblich voneinander unterschieden.

Insbesondere, wenn es um Frauen und Beziehungen ging.

Seit Jahren lag ihm Josh, und nicht bloß er, sondern auch ihre Mutter damit in den Ohren, sich endlich fest zu binden. Sie wollten einfach nicht verstehen, dass dies für ihn eine Horrorvorstellung war.

Allein der Gedanke, für den Rest seines Lebens nur noch mit einer einzigen Frau zu vögeln!

Mick zog heftig an seiner Zigarette und schauderte.

Zwar freute er sich aufrichtig für seinen Bruder, der heute exakt ein Vierteljahr mit seiner zweiten Frau Cathy glücklich verheiratet war, aber Josh war eben Josh.

Er hingegen brauchte keine »Frau an seiner Seite«, wie seine Mutter es ausdrückte. Er hatte sie lieber unter sich, heiß und willig. Für ein paar vergnügliche Wochen, dann suchte er sich eine Neue. Das genügte ihm völlig.

Warum, verdammt noch mal, akzeptierte das keiner?

»Herzlichen Glückwunsch zum Geburtstag.«

Mick umarmte seine Mutter liebevoll. »Du siehst großartig aus, Mum.«

»Danke, mein Lieber.«

Margret Railey strahlte und schnupperte an dem Strauß gelber Rosen, den er ihr überreichte. Sie war die einzige Frau, für die er je einen Blumenladen betrat.

In ihrer gemütlichen Küche saßen bereits Josh, Cathy und Jordan.

»Hallo Lieblingsschwager.«

Cathy begrüßte ihn mit einem Küsschen auf die Wange, so wie sie es immer tat. Seit jenem Tag vor gut einem Jahr, als er seinem trotzigen Neffen ihretwegen nachdrücklich den Marsch geblasen hatte. Längst kamen die beiden gut miteinander aus, aber Cathy hatte seine Hilfe in jener Krise nie vergessen.

Mick zwinkerte ihr zu, gab Josh einen Klaps auf die Schulter und setzte sich neben Jordan, der ihn mit krächzender Stimme nun ebenfalls begrüßte. Der schlaksige Dreizehnjährige war seit geraumer Zeit im Stimmbruch.

Nach dem Essen, es gab Steaks, Röstkartoffeln und grüne Bohnen, tischte Margret Railey noch eine große Schüssel Zimtpudding auf.

»Mum, du hast dich mal wieder selbst übertroffen.«

Wohlig gesättigt schob Mick seinen Stuhl zurück. »Ich geh rauchen.« Draußen stürmte es zwar kräftig; zudem runzelte seine Mutter tadelnd die Stirn, doch beides juckte ihn nicht. Zum Abschluss einer Mahlzeit gehörte für ihn eine Zigarette, basta!

Als er wenige Minuten darauf wieder am Tisch Platz nahm, stand Jordan auf.

»Grandma, ich habe noch ein Geschenk für dich«, verkündete er heiser und zog einen Briefumschlag aus der Hosentasche. »Also, ich meine, eigentlich ist es nicht direkt von mir, sondern …« Er brach jäh ab, wurde rot und schaute verlegen zu Josh. Der lächelte ihm zu und erklärte dann an seine Mutter gewandt:

»Es ist eine Überraschung. Dein Enkel hat darauf bestanden, derjenige zu sein, der sie dir überreicht.«

»Na, da bin ich aber gespannt.«

Margret Railey griff lächelnd nach dem Umschlag.

»Oh, mein Gott!«, schrie sie einen Sekundenbruchteil später begeistert und betrachtete hingerissen das Ultraschallbild, auf dem ein winziger Fötus zu sehen war.

Auch Mick starrte darauf, wie vom Donner gerührt.

Mann, das war echt eine Überraschung.

Josh hatte ihm zwar unter vier Augen anvertraut, dass er und Cathy seit ihrer Heirat nicht mehr verhüteten. Mick hatte jedoch nicht damit gerechnet, dass sich ihr Kinderwunsch dermaßen rasch erfüllen würde.

Andererseits, wieso wunderte er sich darüber?

Seine kurvenreiche Schwägerin war eine scharfe Frau. Kein Mann, der Augen im Kopf hatte, würde das bestreiten. Josh war verrückt nach ihr. Bestimmt verbrachten sie jede freie Minute im Bett.

»Ich kann es kaum glauben. Welch eine Freude!«

Seine Mutter war inzwischen aufgesprungen und drückte die beiden abwechselnd an sich. Tränen liefen über ihr Gesicht, und auf einmal überfiel Mick ein beklemmendes Gefühl. Er wusste nicht, warum, aber seine Kehle schmerzte plötzlich.

»Hey, du zukünftiger Onkel. Was ist, willst du uns nicht auch gratulieren?«

Josh starrte ihn stirnrunzelnd an.

»Doch. Ja. Selbstverständlich.«

Entschlossen schüttelte Mick seine Beklommenheit ab und stand rasch auf. »Meinen Glückwunsch, ich freue mich für euch.«

Er umarmte zuerst Cathy, die selig lächelte, dann Josh und wandte sich schließlich an seinen Neffen.

»Wie fühlt es sich an, großer Bruder zu werden?«

»Ganz cool«, antwortete Jordan lässig und zuckte scheinbar gleichmütig mit den Schultern. Seine Augen verrieten ihn jedoch. Der »coole« Teenager war hin und weg.

»Wann ist denn der Geburtstermin?«, fragte Margret Railey nun neugierig. »Mitte Mai«, erklärte Cathy und begann vom letzten Besuch beim Gynäkologen zu erzählen.

Da ihn diese Einzelheiten nicht interessierten, ging Mick erneut hinaus und rauchte eine Zigarette. Nachdenklich lächelnd sah er den Rauchkringeln hinterher.

Er wurde also nochmal Onkel. Das gefiel ihm. Obwohl er keine eigenen wollte, liebte er Kinder. Hoffentlich wurde es ein Mädchen. Er sah es schon vor sich. Ein niedliches, kleines Ding mit Locken und großen Kulleraugen.

Mick seufzte, und zuckte heftig zusammen.

Verdammt! Sein Seufzer hatte sich erschreckend sentimental angehört. Was war bloß los mit ihm heute? Er war doch sonst nicht so gefühlsdusselig.

»Schluss damit«, knurrte er ungehalten über sich selbst, und trat energisch die Zigarette aus.

Am nächsten Morgen saß Mick schlecht gelaunt und hundemüde auf seiner Couch.

Er hatte eine Scheißnacht hinter sich.

Zuerst konnte er ewig nicht eingeschlafen, dann hatten ihn permanent Albträume geplagt. In einem verfolgte ihn eine kreischende Samantha, die ihm unbedingt eine Suppe kochen wollte, quer durch Swan River. Im nächsten war er mit einer Furie verheiratet und Vater von zehn Kindern.

Am entsetzlichsten war jedoch der Traum gewesen, in dem er Mandy Weston angefleht hatte, mit ihm zu vögeln. Mandy Weston! Wie krank war das denn?!

Mick würgte und trank hastig einen Schluck Kaffee.

Was ihm sein Unterbewusstsein damit angetan hatte, grenzte echt an Folter. Allein bei der Vorstellung, die fette Klatschbase stünde nackt vor ihm, fiel ihm beinahe der Schwanz ab vor Ekel und jäh überkam ihn das dringende Bedürfnis, zu duschen.

Danach ging es ihm etwas besser, aber nicht sehr lange.

Eine seltsame Unruhe machte sich in ihm breit. Sie wurde von Minute zu Minute drängender. Als hätte er etwas Wichtiges vergessen oder übersehen. Bloß was?

Mick schüttelte irritiert den Kopf. Es gab keine offenen Baustellen in seinem Leben. Alles easy, alles im grünen Bereich. Trotzdem, irgendetwas stimmte nicht mit ihm. Gestern diese für ihn völlig atypischen Gefühlsanwandlungen, dann die bescheuerten Albträume und jetzt diese Unruhe.

Vielleicht hast du eine Midlife-Crisis.

»Ja, klar.«

Der Gedanke war dermaßen abstrus, dass Mick mit der rechten Hand gegen seine Stirn schlug und schallend loslachte. Was für ein Schwachsinn! Von einer Midlife-Crisis war er mindestens ebenso weit entfernt, wie Mandy Weston vom Titel der »Miss World«.

Nein, er brauchte bloß mal wieder Sex, das war alles. Die Affäre mit Sammy lag über zwei Wochen zurück. Kein Wunder drehte er durch. Höchste Zeit, sich nach einer Neuen umzuschauen.

Leider öffneten seine bevorzugten Bars erst abends.

Solange musste er aber, wenn er Glück hatte, nicht warten, da er eine Frau kannte, die ihm garantiert liebend gern sofort aus seinem sexuellen Notstand half. Vorausgesetzt, ihr langweiliger Ehemann war, wie so oft am Wochenende unterwegs, was er inständig hoffte.

Mick nahm sein Smartphone und schrieb sie an.

Zeit und Lust auf eine scharfe Nummer?

Kurz darauf erhielt er die ersehnte Antwort.

Mit dir jederzeit. Du rettest meinen Tag!

»Und du meinen, Baby.«

Mick grinste breit.

Eine Viertelstunde später bretterte er mit seinem Jeep die Straße entlang, die nach Benito führte. Dort lebte Karen, eine vernachlässigte Politiker-Gattin. Sie war die einzige seiner ehemaligen Affären, mit der er sich hin und wieder noch traf, denn der Sex mit ihr war überirdisch.

Voller Vorfreude fuhr Mick zügig in eine scharfe Kurve und keuchte in der nächsten Sekunde entsetzt auf.

Ein gigantischer Truck raste geradewegs auf ihn zu. Der Fahrer lag zusammen gesunken über dem Lenkrad. Panisch blickte Mick von links nach rechts auf der Suche nach einer Ausweichmöglichkeit, doch es gab keine. Die Straße war an dieser Stelle von zwei Steilwänden umschlossen.

NEIN!

Abgrundtiefes Grauen erfasste ihn.

Oh, Gott! Ich will noch nicht sterben. Bitte, bitte!!

Mick wollte schreien, bekam jedoch keinen Ton heraus. Zahllose Erinnerungsfetzen aus seinem Leben stiegen in ihm auf, überfluteten ihn, peinigten ihn, während der Truck näher, näher und näher kam.

Ein höllisches Getöse war das Letzte, das er hörte, bevor er unter unsäglichen Schmerzen starb.

Kapitel 2

»Klasse, Mick! Und jetzt drehen Sie um und kommen wieder zurück.«

Pete klatschte aufmunternd.

»Nein, ich kann nicht mehr.«

Mick stützte sich japsend auf seine Krücken. Die letzten Meter hatten seine ganze Kraft verbraucht. Er war schweißüberströmt und sämtliche Muskeln taten ihm weh.

»Doch, Sie können.«

Der junge Physiotherapeut winkte befehlend.

»Sie sind ein verdammter Menschenschinder, hat Ihnen das schon mal jemand gesagt?«, knurrte Mick aufgebracht.

»Ja, das höre ich oft.« Pete feixte. »Aber zu guter Letzt küssen mir alle dankbar die Füße und Sie werden das auch tun. Also, los jetzt. Denken Sie daran, im Vergleich zu dem, was hinter Ihnen liegt, ist dies ein Zuckerschlecken.«

Schachmatt.

Diesem Argument hatte Mick nichts, rein gar nichts entgegenzusetzen.

Vor knapp vier Monaten war er wortwörtlich unter die Räder geraten. Als der Rettungshubschrauber ihn nach Winnipeg zu dieser Klinik geflogen hatte, glaubte niemand, dass er seine vielzähligen Verletzungen überleben würde. Er hatte es nur den hervorragenden Ärzten hier zu verdanken, die verbissen um sein Leben kämpften, dass er es dennoch geschafft hatte. Tag für Tag, Woche für Woche, Monat für Monat war es aufwärts gegangen mit ihm.

Nun befand er sich bereits auf der Zielgeraden. Und da jammerte er herum wegen ein bisschen Muskelschmerzen? »Sie haben Recht.«

Entschlossen machte er sich auf den Weg zurück zu Pete. Quälend langsam, doch das war egal. Er ging endlich wieder auf eigenen Beinen.

Am Ende der Therapiestunde plumpste er völlig erledigt in seinen Rollstuhl und wischte sich mit dem Handtuch den Schweiß vom Gesicht.

»Gut gemacht«, lobte Pete zufrieden. »Bis Montag, schönes Wochenende.« »Danke, ebenso.«

Gleich darauf rollte Mick den verglasten Gang hinunter, der das Reha-Zentrum mit der Klinik verband. In seinem Zimmer angekommen, schleppte er sich in die behindertengerechte Dusche und stöhnte wohlig, als der heiße Wasserstrahl über seine verkrampften Muskeln floss.

Gott, tat das gut.

Eine Schwester hatte in der Zwischenzeit das Abendessen gebracht. Er aß es schnell auf, legte sich ins Bett und schlief innerhalb von Sekunden ein.

Der Truck kam näher und näher.

Angesichts seines nahenden Todes stieß Mick einen gellenden Angstschrei aus – und erwachte.

Finsternis umgab ihn. Einen Moment lang bekam er Panik, dann fiel ihm jäh ein, wo er war und keuchte erlöst auf.

Mit zitternden Fingern drückte er den Lichtschalter und verbarg sein Gesicht in den Händen.

Er wusste, dass diese regelmäßig wiederkehrenden Albträume normal waren. Der Psychologe, der ihn eine Zeitlang betreut hatte, hatte es ihm erklärt. Die Seele benötigte nach einem schweren Trauma mehr Zeit zum Heilen, als der Körper. Trotzdem war er jedes Mal fix und fertig.

Nach einer Weile atmete Mick tief durch.

Er zog seinen Wintermantel über den Schlafanzug und setzte sich in den Rollstuhl. Es war schon spät, fast Mitternacht. Zudem herrschten draußen Minus 20 Grad, aber er brauchte jetzt eine Zigarette.

Vor dem Haupteingang der Klinik stand ein überdachter Pavillon für die Raucher. Er hatte nicht damit gerechnet, dass außer ihm noch jemand da sein würde, doch er täuschte sich. Eine zierliche Frau mit kurzen schwarzen Haaren zündete sich soeben eine Zigarette an.

Als Mick auf sie zu rollte, drehte sie den Kopf zu ihm und ihn überfiel schlagartig eine Gänsehaut, die nichts mit der eisigen Kälte zu tun hatte. In ihren grünen, leicht schräg stehenden Augen lag eine dermaßen trostlose Traurigkeit, dass ihm spontan die Frage herausrutschte:

»Kann ich Ihnen irgendwie helfen?«

»Nein«, entgegnete sie brüsk und blickte beiseite. Ein eindeutiges Signal. Er sollte die Klappe halten.

»Sind Sie sicher?«, fragte Mick dennoch nach und musterte sie besorgt. »Wissen Sie, reden hilft oft. Ich weiß das aus eigener Erfahrung.« »Lassen Sie mich in Ruhe«, fauchte sie mit abweisender Miene, drückte ihre Zigarette aus und eilte davon.

Okay, dann nicht. Er hatte es ja nur gut gemeint.

Mick sah ihr einen Moment hinterher und schaute dann nach vorn zu der vierspurigen Straße, die an der Klinik vorbeiführte. Trotz der späten Uhrzeit herrschte dort reger Verkehr. Die Motorengeräusche entlockten ihm ein sehnsüchtiges Lächeln, denn sie erinnerten ihn an die Werkstatt.

An zuhause.

Die ersten Tage nach dem Unfall waren Josh und seine Mutter nicht von seinem Bett gewichen, bis die erlösende Gewissheit bestand, er würde überleben. Auch danach hatten sie ihn weiterhin regelmäßig an den Wochenenden besucht. Cathy und Jordan waren ebenfalls einige Male mit dabei gewesen. Unabhängig davon telefonierten sie alle regelmäßig mit ihm.

Zu Beginn des neuen Jahres hatte Mick allerdings energisch darauf gedrängt, dass sie ihre Besuche einstellten. Es war zu aufwändig und zu anstrengend, vor allem für seine Mutter. Die restliche Zeit hier würde er auch so überstehen.

Inzwischen war es fast Ende Februar. Seine Reha verlief gut. Ein paar Wochen noch, dann konnte er zu seiner Familie und in sein Leben zurückkehren.

In sein geschenktes, zweites Leben.

Mick schluckte heftig.

Er hatte intensiv über sich nachgedacht in den vergangenen Monaten. Der Auslöser dazu waren die Erinnerungsfetzen, die ihn kurz vor der beinah tödlichen Kollision mit dem Truck heimgesucht hatten.

Einige von ihnen waren schön gewesen.

Szenen, wie er als kleiner Junge mit seinem viel zu früh verstorbenen Dad spielte. Josh und er, fröhlich im Garten herumbalgend. Seine Mum, die ihn liebevoll lächelnd umarmte, wenn sie ihn zu Bett brachte.

Doch die meisten Erinnerungen waren abstoßend und entlarvend.

Sie hatten ihm gezeigt, wie er mit Frauen umging.

Kaltschnäuzig, arrogant und respektlos.

Niemals, bei keiner seiner zahllosen Affären, hatte er je den Menschen hinter dem Körper gesehen. Als sei eine Frau lediglich ein seelenloses Sexobjekt, nur zu seinem Vergnügen da. Die Erkenntnis, wie egoistisch und gefühllos er gewesen war und dies auch noch als richtig empfand, hatte Mick bis ins Mark getroffen und ihn wachgerüttelt. Ein derart mieses Schwein wollte er nie wieder sein. In Zukunft, das hatte er sich geschworen, würde er die Frauen, mit denen er schlief, mit Respekt behandeln.

Davon abgesehen kam ab sofort keine verheiratete Frau mehr für eine Affäre infrage.

Du sollst nicht ehebrechen.

Seit Jahren hatte er dieses Gebot missachtet, ohne jegliches schlechte Gewissen. Gott hätte ihn für diese und all seine weiteren Sünden geradewegs in die Hölle befördern können. Stattdessen hatte er seine flehende Bitte erhört und ihm eine zweite Chance geschenkt. Das Mindeste, was er ihm dafür schuldete, war, dass er sich ernsthaft darum bemühte, ein besserer Mensch zu werden.

Mick kratzte sich am Kopf und entschuldigte sich zum wiederholten Male im Stillen beschämt bei allen Ehemännern, denen er Hörner aufgesetzt hatte, einschließlich dem Langeweiler von Karen. Sie war nicht begeistert gewesen, als Mick ihr geschrieben hatte, dass er zukünftig als Lover nicht mehr zur Verfügung stand und wollte den Grund dafür wissen. Er gab ihr keine Antwort darauf und hatte mittlerweile ihre Nummer gesperrt.

Langsam rollte Mick nun zurück in die Klinik.

Zeit, wieder ins Bett zu gehen.

Als er auf seine Station kam, begegnete ihm die Nachtschwester; eine hübsche Blonde. Er erwiderte ihr gestresstes Lächeln höflich und fuhr weiter.

Früher hätte er sich umgedreht, auf ihren Hintern geglotzt und sich dabei vorgestellt, wie er sie vögelte.

Doch der neue Mick war anders. Die Schwester war verheiratet, wie er wusste und somit tabu; selbst in Gedanken.

Unabhängig davon wäre er ohnehin noch viel zu schwach für eine heiße Nummer. Zunächst einmal musste er ganz gesundwerden, und er würde alles, alles geben, um so bald wie möglich nach Hause gehen zu können.

Kapitel 3

»Alles Gute für Sie, Mick.«

Pete schüttelte lächelnd seine Hand. »Genießen Sie Ihr Leben.«

»Das werde ich.«

Mick umarmte den jungen Physiotherapeuten spontan. »Danke. Danke, danke für alles«, sagte er bewegt mit rauer Stimme und wandte sich rasch ab, ehe ihn die Rührung übermannte.

Heute war der 16. März.

Der lang ersehnte Tag seiner Entlassung.

In den vergangenen Stunden hatte er sich überall verabschiedet und bedankt. Bei den Ärzten, den Schwestern auf seiner Station und dem Psychologen; doch dieser letzte Abschied von Pete ging ihm besonders nah. Der rigorose »Menschenschinder« hatte ihm wieder auf die Beine geholfen. Das würde er ihm nie vergessen.

Langsam schritt Mick ein letztes Mal vom Reha-Zentrum durch den verglasten Gang zurück in die Klinik und holte sein Gepäck aus dem Zimmer, in dem er fast fünf Monate verbracht hatte.

Benommen und euphorisch zugleich trat er kurz darauf aus dem Haupteingang ins Freie. Da er noch ausreichend Zeit hatte, stieg er nicht sofort in eines der wartenden Taxi, sondern rauchte im Pavillon andächtig eine Zigarette.

Neben ihm standen zwei junge Männer, die sich offenbar gerade erst kennen gelernt hatten, denn sie erzählten einander, auf welcher Station sie lagen und weshalb.

Schmunzelnd dachte Mick daran, wie oft er selbst hier locker mit anderen Patienten ins Gespräch gekommen war.

Nur einmal nicht.

Unvermittelt fiel ihm diese zierliche, furchtbar traurige Dunkelhaarige ein. Das war seltsam. Er hatte sie seit jener eisigen Nacht im Februar nie wiedergesehen und eigentlich längst vergessen. Trotzdem fragte er sich jetzt, wie es ihr wohl ging. Hoffentlich besser, das wünschte er ihr.

Eineinhalb Stunden später bestieg er abgehetzt als Letzter den Flieger nach Swan River. Ein gigantischer Stau hätte beinahe dafür gesorgt, dass er seinen Heimflug verpasste.

Willkommen zurück im realen Leben, dachte Mick ironisch, während er auf seine Sitzreihe zusteuerte. Da außer ihm dort keiner saß, wählte er den Fensterplatz und schnallte sich an.

»Hallo, ich bin Vivi.«

Ein Mädchen schaute plötzlich über die Lehne seines Vordersitzes. Sie war etwa vier Jahre alt und außerordentlich niedlich. Kinnlanges, schwarzes Haar mit einem fransig geschnittenen Pony. Grüne Kulleraugen, die ihn neugierig betrachteten und darunter eine süße Stupsnase.

Mick lächelte breit.

»Freut mich, dich kennen zu lernen, Vivi«, entgegnete er herzlich und zwinkerte ihr zu. »Ich bin Mick.«

Die Kleine kicherte daraufhin fröhlich und warf einen Blick über ihre Schulter. »Oje, ich muss mich wieder anschnallen, da kommt Mummy zurück. Sie war mit Ally auf dem Klo«, erklärte sie noch hastig und plumpste auf ihren Sitz.

Derweil starrte Mick perplex nach vorn. Er konnte kaum glauben, was er sah.

Vivi und ihre Schwester waren eineiige Zwillinge, doch das war nicht der Grund seines Erstaunens, sondern ihre Mutter. Vorhin im Pavillon hatte er noch an diese Frau gedacht und jetzt befand sie sich im selben Flugzeug wie er? Was für ein eigenartiger Zufall.

»Meine Damen und Herren, ich bitte um Ihre Aufmerksamkeit.«

Eine Flugbegleiterin begann die Notfallmaßnahmen zu erklären.

Im selben Moment kamen Ally und ihre Mutter bei ihren Plätzen an. Das Mädchen setzte sich sofort. Die Frau hingegen blieb stehen und starrte verblüfft auf Mick.

»Na, sowas. Sie? Hier? Welch glücklicher Zufall.«

In ihren grünen, leicht schräg gestellten Augen, an die er sich gut erinnerte, blitzte es freudig auf.

Sie beugte sich über ihre Lehne zu ihm und senkte die Stimme. »Nun kann ich mich doch noch bei Ihnen entschuldigen«, sagte sie leise. »Es tat mir im Nachhinein so leid, wie ich Sie abgekanzelt habe. Das ist sonst nicht meine Art, aber ich hatte damals einen Scheißtag hinter mir und wollte mit Keinem reden.« Sie lächelte verlegen. »Verzeihen Sie mir?«

Mick nickte stumm. Ihm fehlten die Worte.

»Danke«, sagte sie schlicht, lächelte erneut und nahm neben ihren Töchtern Platz.

Wenig später setzte sich der Flieger langsam in Bewegung.

Gedankenverloren schaute Mick auf das vorbeiziehende Rollfeld. Er war noch immer völlig perplex.

Er wäre jede Wette eingegangen, dass die Frau sich nicht an ihn erinnern würde. Immerhin hatte sie ihn damals nur ganz kurz angeschaut. Dennoch hatte sie ihn sofort wiedererkannt und mit ihrer sympathisch ehrlichen Entschuldigung total überrascht. Das war ein beachtenswert netter Zug von ihr. Umso mehr freute es ihn, dass es ihr anscheinend, wie er es ihr gewünscht hatte, besserging.

Der Flieger hatte jetzt die Startbahn erreicht, beschleunigte und hob ab.

Mick schloss entspannt die Augen. Nur noch eine knappe Stunde, dann war er zuhause.

Zuhause!

Oh Gott, ich danke dir.

»Du Mummy, woher kennst du Mick?«, fragte Vivi plötzlich vor ihm laut.

»Wen?«, fragte ihre Mutter hörbar verdutzt zurück.

»Na, Miiick, den Mann, der hinter uns sitzt«, erklärte die Kleine so ungeduldig, dass er schmunzeln musste. »Du hast doch mit ihm geredet.« »Ja, das habe ich. Aber woher weißt du, wie er heißt? Oh, oh nein!« Die Stimme der Frau wurde jetzt sehr energisch. »Vivian Henson, wie oft muss ich es dir noch sagen: Du sollst keine Fremden ansprechen!«

Mick schlug die Augen wieder auf und grinste amüsiert.

Mrs. Henson, jetzt kannte er wenigstens ihren Namen, klang genau wie seine Mutter früher, wenn er etwas ausgefressen hatte.

»Aber, Mummy! Wenn du ihn kennst, ist er doch gar kein Fremder«, protestierte Vivi empört.

Ihre kindliche Logik war zu komisch. Mick lachte laut heraus.

»Das ist nicht witzig!«, rief Mrs. Henson daraufhin. Er hörte ihr jedoch an, dass sie in Wahrheit ebenso belustigt war wie er.

»Also, woher kennst du ihn denn nun?«, kam Vivi vollkommen unbeirrt auf ihre Frage zurück.

Hartnäckig, die Kleine. Das gefiel ihm.

»Aus der Klinik, in der Tante Hannah lag, Schatz«, erklärte ihre Mutter. »Wir sind uns dort einmal begegnet.«

Es erfolgte eine kurze Stille, dann ertönte es ehrfürchtig:

»Ooh, bist du etwa ein Doktor, Mick?«

»Vivian, du darfst ihn doch nicht einfach duzen!«, rief Mrs. Henson entgeistert. »Entschuldige dich sofort.«

»Unsinn, das muss sie nicht.«

Mick lachte erneut.

Sie hatten nun die Flughöhe erreicht und vorn erlosch die Anzeige für die Anschnallpflicht.

Rasch löste er seinen Gurt, stand auf und tippte Vivis Mutter auf die Schulter. Als sie erstaunt aufsah, grinste er und meinte froh gelaunt:

»Hey, es ist ewig her, dass ich mich so gut amüsiert habe, also entspannen Sie sich, Mrs. Henson.« »Sie haben leicht reden«, gab sie trocken zurück und lächelte dann herzlich. »Bitte, sagen Sie ruhig Tara zu mir. Und dies«, sie deutete auf ihre zweite Tochter, »ist Allison, genannt Ally.«

Die beiden Mädchen hatten sich inzwischen ebenfalls abgeschnallt und so hingesetzt, dass sie ihn ansehen konnten, ohne sich den Hals verrenken zu müssen.

Zwei niedliche Klone, die dieselben Klamotten trugen. Weißes Sweatshirt und Jeansröckchen.

»Hallo, Ally.«

Mick zwinkerte ihr zu und fragte sich gleichzeitig, wie um alles in der Welt es ihren Eltern gelang, die Zwillinge auseinander zu halten. »Es freut mich, deine Bekanntschaft zu machen.«

Die Kleine zog die Schultern an, krauste scheu die Stupsnase und antwortete mit piepsigem Stimmchen:

»Hallo, Dr. Mick.«

Okay, da hatte er einen ersten Anhaltspunkt.

Vivi war forsch. Ally schüchtern. Und beide hielten ihn für einen Arzt. Das schmeichelte ihm.

Da es jedoch nicht der Wahrheit entsprach, klärte Mick sie nun darüber auf, dass er Automechaniker war. Vivi zog daraufhin eine enttäuschte Schnute. Ally dagegen überraschte ihn mit den Worten:

»Aber dann bist du doch so etwas wie ein Doktor. Du machst kaputte Autos wieder heil.«

Was für eine pfiffige Anmerkung! Mick war verblüfft.

»So habe ich das noch nie betrachtet, aber du hast recht«, erwiderte er langsam und lächelte sie an. »Danke, dass du mich darauf aufmerksam gemacht hast. Du bist ein kluges Mädchen, genau wie deine Schwester.«

Er wandte sich an Tara und sagte schmunzelnd:

»Sie können mächtig stolz sein auf die beiden.« »Das bin ich auch«, erklärte sie sanft und blickte ihre Töchter an. Ein mütterlich zärtliches Lächeln umspielte dabei ihre Lippen. Aus einem ihm völlig unverständlichen Grund löste das in seinem Magen ein Kribbeln aus. Irritiert runzelte Mick die Stirn.

»Wieso warst du denn in der Klinik?«, wollte Vivi nun von ihm wissen. »Hast du dir auch einen Arm gebrochen, wie Tante Hannah?«

Einen Arm?

Er hätte beinahe zynisch aufgelacht.

Mehrfache, teilweise offene, entsetzlich schmerzende Brüche an allen vier Gliedmaßen. Auch seine linke Hüfte war gebrochen gewesen. Ebenso fünf Rippen. Seinen Schädel hatte es auch übel erwischt. Den hatten die Ärzte zuerst operiert und ihn danach unverzüglich für einige Tage ins künstliche Koma versetzt. Außerdem hatte er eine Niere und die Milz verloren.

Mick war stets dafür, Kindern gegenüber ehrlich zu sein, aber in diesem Fall machte er eine Ausnahme. Die süßen Mädchen waren zu klein für die Wahrheit und deshalb sagte er leichthin:

»Nein, ich hatte einen Autounfall. Nichts Schlimmes, ich habe nur ein paar Kratzer abbekommen.«

Tara, die ihn ja im Rollstuhl gesehen hatte, schaute ihn daraufhin verwundert an. Sie schien etwas sagen zu wollen, doch als er unmerklich den Kopf schüttelte, blitzte jäh Verstehen in ihren Augen auf. Ihr Mund formte ein erschrockenes, stummes »Oh.«

Das löste erneut ein Kribbeln in ihm aus.

Stärker diesmal und nicht nur im Magen. Mick starrte auf ihre Lippen und stellte sich vor, wie sie sich heiß und feucht um ihn schlossen. Prompt wurde er steinhart.

Verdammt Railey, sie ist tabu! brüllte der neue Mick in ihm stinksauer und brachte ihn damit schlagartig wieder zur Vernunft.

Verdammt.

Mick schluckte beschämt. Mr. Henson wäre bestimmt nicht erfreut darüber, dass er gerade an einen Blowjob mit seiner Frau gedacht hatte.

Er sollte sich zurückziehen und zwar augenblicklich.

Da er ahnte, dass Vivi vermutlich dagegen protestieren würde, griff er abermals zu einer Notlüge.

»Ladies, es war nett, mit euch zu plaudern, aber ich bin müde und möchte jetzt ein bisschen schlafen«, sagte er mit rauer Stimme zu den Zwillingen. »Habt noch einen schönen Flug.«

Dann nickte er Tara kurz zu, ohne sie anzusehen und plumpste zurück auf seinen Sitz.

Kapitel 4

Mick goss sich die dritte Tasse Kaffee ein und starrte mit zugeschnürter Kehle hinaus in den verschneiten Garten, der hinter seinem Haus lag. Nach einer Woche sollte er sich eigentlich allmählich daran gewöhnt haben, wieder hier zu sein, doch noch immer durchflutete ihn jeden Morgen grenzenlose Dankbarkeit.

Er war Zuhause; zurück in seinem Leben und das fühlte sich so großartig, so wundervoll an, dass er manchmal, wie jetzt, mit den Tränen kämpfte. Rasch trank er seinen Kaffee aus und schluckte den dicken Kloß im Hals damit hinunter.

Eine Viertelstunde später verließ er das Haus.

»Guten Morgen, Mr. Railey!«

Mrs. Miller, seine Nachbarin von gegenüber, winkte ihm freundlich zu. »Genießen Sie den Tag.«

»Sie auch«, erwiderte Mick lächelnd; abermals dankbar.

Früher hatte die alte Dame ihn stets mit Missachtung gestraft, und nicht nur sie. Sein zügelloses Sexleben war Vielen ein Dorn im Auge. Nichtsdestotrotz waren die Einwohner von Swan River entsetzt über seinen beinahe tödlichen Unfall gewesen und das hatte eine Wende herbeigeführt, die ihn tief berührte. Obwohl er der »Bad Boy« dieser Stadt war, war Mick Railey dennoch einer der Ihren. Das hatten sie ihm in den vergangenen Monaten unmissverständlich bewiesen.

Während seines gesamten Klinikaufenthaltes erhielt er täglich Dutzende Briefe und Karten mit Genesungswünschen. Viele hatten sich zudem regelmäßig bei Josh und seiner Mutter nach seinen Fortschritten erkundigt.

Zu seiner größten Überraschung sogar Melanie Brewster. Dabei war die Frau von Joshs bestem Freund eine erklärte Gegnerin von ihm. Wie oft hatte sie Mick in den letzten Jahren ins Gesicht geschleudert, er sei der größte Sexist auf Erden. Ignorant und selbstgefällig, wie er gewesen war, hatte er jedes Mal bloß frech gegrinst und ihr eine Anzüglichkeit an den Kopf geknallt. Mittlerweile wusste er, dass sie nichts als die verdammte Wahrheit gesagt hatte.

Mick stieg in seinen neuen Jeep und fuhr los.

Seit zwei Tagen arbeitete er wieder, allerdings nur vormittags. Josh bestand darauf, dass er es langsam anging. Mick hatte zuerst gemurrt. Er musste jedoch zugeben, dass ihm noch die Kraft fehlte, den ganzen Tag durchzuhalten. Das wurmte ihn. Deshalb würde er sich heute Abend in Roberts Fitnessstudio anmelden, denn er wollte seinem Bruder so schnell wie möglich wieder uneingeschränkt zur Seite stehen.

Mick bog nun in die Main Street ein.

Beim Anblick der Werkstatt klopfte sein Herz freudig.

Josh war bereits da, wie immer. Sie umarmten einander kurz und legten dann sofort los.

Fröhlich pfeifend öffnete Mick die Motorhaube des ersten Wagens.

Gott, was hatte er seine Arbeit vermisst!

Routiniert nahm er den Vergaser auseinander, da blitzte plötzlich die pfiffige Anmerkung von Ally in ihm auf.

»Aber dann bist du doch so etwas wie ein Doktor, Mick. Du machst kaputte Autos wieder heil.«

Abrupt hielt er inne und lächelte versonnen.

Es war nicht das erste Mal, dass er an die süßen Zwillinge dachte.

Die beiden hatten sich nach der Landung jede auf ihre Art von ihm verabschiedet.

Vivi rief lauthals: »Auf Wiedersehen, Mick!«

Ally hingegen winkte bloß schüchtern.

Und ihre zierliche Mutter hatte ihm freundlich alles Gute gewünscht. Tara Henson, die Frau mit den verführerischen Lippen. Auch an sie hatte er in der vergangenen Woche öfters gedacht.

Railey, sie ist tabu.

Ich weiß.

Mick beugte sich wieder über den Vergaser.

Sein neues Ich musste ihn nicht daran erinnern.

Selbstverständlich war Tara tabu und selbst, wenn es anders gewesen wäre: Er wusste nichts über sie. Weder, warum sie und die Mädchen im Flieger gesessen hatten, noch wo sie lebten. In Swan River auf keinen Fall, sonst wäre er ihnen sicher früher schon mal begegnet.

Gut, theoretisch könnten sie trotzdem hier leben. Dann hätte Tara ihn aber spätestens durch ihr Gespräch im Flugzeug als Mick Railey identifiziert. Schließlich war sein Unfall in aller Munde gewesen. Doch nichts in ihrem Verhalten hatte darauf hingewiesen, dass sie wusste, wer er war. Deshalb ging er davon aus, dass sie woanders wohnte.

Vielleicht in einem Nachbarort?

Oder sie stammte aus Winnipeg und machte lediglich Urlaub hier in der Gegend. Auch das war möglich.

»Gehst du dran?«

Joshs Stimme riss ihn abrupt aus seinen unnützen Spekulationen. Erst jetzt hörte Mick, dass das Telefon läutete.

»Ja«, sagte er knapp und verdrängte rigoros jeglichen Gedanken an Tara, während er ins Büro lief.

Der Anrufer war Ed Morris.

»Guten Morgen, Mick. Schön, dass Sie wieder unter uns weilen, Junge«, sagte er herzlich zur Begrüßung. »Wie geht es Ihnen?« »Gut, danke.« Mick feixte. »Lassen Sie mich raten, Martha hat mal wieder eine Beule an ihrem Wagen.«

Die Frau des Bankdirektors war eine katastrophale Autofahrerin und damit eine verlässliche Einnahmequelle für die Werkstatt.

»So ist es«, knurrte Ed resigniert. »Wann kann sie ihn vorbeibringen?« »Einen Moment.« Mick schaute in den Kalender. »Am Dienstag, reicht das?«

»Ja, danke. Schönes Wochenende für Sie und Josh.« »Das wünsche ich Ihnen auch. Grüßen Sie meine Schwägerin.«

Cathy arbeitete in der Bank. Noch jedenfalls. Sie war jetzt im siebten Monat. »Mache ich gern«, versprach Ed freundlich. »Alles Gute weiterhin.«

Mick trug den Termin ein und wollte soeben zurück in die Halle gehen, da klingelte es erneut. Das Display zeigte eine Mobilnummer an. Beschwingt meldete er sich.

»Railey Motors. Sie sprechen mit Mick, was kann ich für Sie tun?«

»Oh, Sie sind es tatsächlich!«, ertönte eine erfreute, weibliche Stimme. »Hallo Mick. Hier ist Tara Henson.«

Ich werd' verrückt!

Perplex sank er auf den Schreibtischstuhl.

Dies war bereits das zweite Mal, dass er an diese Frau gedacht hatte und sie kurze Zeit später auf der Bildfläche erschien.

»Mick, sind Sie noch dran?«, fragte sie sanft.

»Ich, ich, ja. Hi, Tara«, stotterte er wie ein Idiot und riss sich dann energisch zusammen. »Sagen Sie, sind Sie eventuell telepathisch begabt?«, fragte er nur halb im Spaß. »Eigentlich glaube ich nicht an so einen Quatsch, aber vor ein paar Minuten habe ich noch an Sie und Ihre Mädchen gedacht.«

»Ach, wirklich?«

Sie lachte entzückt. »Okay, dann ist es ja vielleicht doch nicht so verrückt, was ich hier tue.« »Was meinen Sie damit?« Mick runzelte verwirrt die Stirn. »Und wie haben Sie mich überhaupt gefunden?«, fügte er verwundert hinzu. »Sie kannten meinen Nachnamen doch gar nicht.«

»Das ist erst mal unwichtig«, erklärte sie und atmete tief durch. »Ich habe zunächst eine Frage: Sind Sie Single?«

»Jaaa, wieso?«, antwortete er zögernd. Warum wollte sie das wissen? »Nun, offen gestanden, Sie gehen mir nicht mehr aus dem Kopf, Mick. Ich finde Sie sehr sympathisch. Hätten Sie vielleicht Interesse an einem Treffen?«

Ihre unverblümte Antwort traf ihn wie ein Blitz aus heiterem Himmel. Mick war heilfroh, dass er saß.

Tara interessierte sich für ihn?!

Das hieß wohl, Mr. Henson spielte keine Rolle mehr in ihrem Leben. Sie war demnach nicht tabu! Sein Körper reagierte prompt. Er wurde steinhart.

Stopp!

Sein Verstand rang die Erektion entschieden nieder.

Tara Henson suchte bestimmt keine unverbindliche, kurze Affäre, sondern war auf eine feste Beziehung aus. Verdammt schade, aber ohne ihn.

Da meldete sich plötzlich der neue Mick in ihm.

Wieso nicht? Versuch es doch mal.

Spinnst du? Ich binde mich an keine Frau, erst recht nicht an eine zweifache Mutter.

Aber du magst Kinder. Und ihre Mädchen sind echt süß.

Ja. Trotzdem. Ich will keine Beziehung. Ich will bloß Sex.

Mit Tara hättest du garantiert geilen Sex. Denk an ihre Lippen.

Arschloch! Das war unter die Gürtellinie.

Mit voller Absicht, denn hier geht es um mehr, Railey. Es wird Zeit, dass du aufhörst, nur mit dem Schwanz zu denken. Tara ist eine tolle Frau und sei ehrlich: Dir geht es doch genauso wie ihr. Du kriegst sie auch nicht mehr aus dem Kopf. Also spring verdammt noch mal über deinen Schatten.

»Oje, Mick, es tut mir leid.«

Tara unterbrach sein stummes Zwiegespräch. Sie klang zerknirscht. »Ich habe Sie überrumpelt, stimmt's?«

»Das kann man so sagen«, murmelte er, hin und hergerissen.

Mach schon, Mann. Gib ihr höflich einen Korb und beende das Gespräch.

Nein, sag ihr zu.

Mick schloss die Augen – und sprang.

»Tara, das kam wirklich überraschend, aber Ja, ich habe Interesse«, sagte er mit erstaunlich fester Stimme. »Wann und wo wollen wir uns treffen?«

Kapitel 5

Mick umklammerte das Lenkrad noch fester.

Er zitterte am ganzen Leib. Seine eiskalten Finger waren längst blutleer. Seit über zehn Minuten stand er nun hier am Straßenrand und traute sich nicht weiter.

»Los jetzt«, flüsterte er zum widerholten Male.

Die Wahrscheinlichkeit, dass ihm heute abermals ein führerloser Truck in der vor ihm liegenden Kurve entgegenraste, lag bei Null. Vom Verstand her war ihm das völlig klar. Leider minderte das die Panik, die in seinem Innern pulsierte, kein bisschen.

Verdammt, er hätte nicht gedacht, dass es derart schlimm sein würde.

Als Tara ihm vor fünf Tagen erzählt hatte, dass sie in Benito lebte und vorschlug, sich dort in einem Steakhouse zu treffen, war er zwar kurz zusammengezuckt. Der Gedanke, diese Strecke fahren zu müssen, behagte ihm gar nicht, doch Mick war überzeugt gewesen, sie einigermaßen problemlos bewältigen zu können. Mit einer derart großen Panikattacke hatte er nicht gerechnet. Wenn er jedoch seine Verabredung mit Tara pünktlich einhalten wollte, musste er weiterfahren.

Jetzt.

»Komm schon, Mick«, stieß er heiser hervor.

Er zwang seine rechte Hand an den Schaltknüppel und legte den ersten Gang ein.

Langsam, im Schritttempo, näherte er sich der Kurve, bog hinein, und keuchte erlöst auf. Die Straße vor ihm war leer.

Dennoch übermannte ihn augenblicklich die Erinnerung.

Seine entsetzliche Todesangst.

Sein stummer Schrei zu Gott.

Jener Moment, in dem er vor Schmerzen explodiert war.

Und er dachte an den armen Fahrer des Trucks, der bereits vor der Kollision tot gewesen war. Ein Herzinfarkt, wie sich hinterher herausgestellt hatte.

Er dagegen lebte und hatte sich weitaus stärker verändert, als ihm bis zu dem Telefonat mit Tara bewusst gewesen war. Dass er eine Beziehung mit ihr auch nur in Erwägung zog, hätte ihn früher in noch viel größere Panik versetzt. Der alte Mick in ihm knurrte zustimmend; er konnte immer noch nicht glauben, was er hier tat.

Aber der neue hatte sich durchgesetzt und deshalb war er nun unterwegs zum ersten Date seines Lebens.

Eine gute Viertelstunde später betrat er nervös das Steakhouse. Es war rustikal eingerichtet, genau wie Tara es beschrieben hatte und gefiel ihm auf Anhieb.

Sie war bereits da; saß an einem Tisch nahe des Eingangs und schaute ihm entgegen.

Ich werd' verrückt.

Mick traute seinen Augen kaum. Tara wirkte ebenfalls überrascht, denn als hätten sie sich abgesprochen, trugen sie beide dasselbe Outfit.

Jeans, dunkelblauer Pullover und schwarze Sneaker.

»Hallo Mick. Ich glaube eigentlich auch nicht daran, doch anscheinend funktioniert Telepathie zwischen uns tatsächlich«, meinte Tara schmunzelnd. Sie stand auf und streckte ihm die Hand entgegen. »Schön, Sie zu sehen.«

»Gleichfalls«, erwiderte er rau.

Vorsichtig umfasste er mit seiner großen Hand ihre zartgliedrigen Finger, und setzte sich dann auf den Stuhl ihr gegenüber. Gleich darauf erschien ein Kellner mit den Speisekarten und fragte nach ihren Getränkewünschen.

Tara bestellte Mineralwasser, Mick ein alkoholfreies Bier. Nachdem sie wieder alleine waren, blickte sie ihn schweigend an.

Erwartete sie, dass er das Gespräch eröffnete?

»Wie geht es Vivi und Ally?«, fragte er schnell.

Ihre Töchter waren ein unverfängliches Thema zum Einstieg, das hoffte er jedenfalls.

»Gut, meine Mutter passt heute Abend auf sie auf«, erklärte Tara ruhig. Sie bedankte sich bei dem Kellner, der die Getränke brachte und informierte Mick dann darüber, dass die Zwillinge ihn öfters erwähnten.

»Ach, ja?« Er lächelte erfreut.

»Ja, das war jedoch nur einer der Gründe, weshalb ich Sie nicht vergessen konnte«, sagte sie mit einem etwas unsicheren Lachen, das verriet, dass auch sie nervös war.

Ein beruhigender Gedanke.

»Wissen die beiden, dass wir uns heute treffen?«, fragte Mick.

»Um Himmels willen, nein! Sie hätten garantiert eine Riesenszene gemacht, weil ich sie nicht mitnehme, zumindest Vivi«, erwiderte Tara und grinste schief. »Können Sie sich vorstellen, wie dieses Date ablaufen würde, wenn sie mit von der Partie wäre?«

»Lebhaft, im wahrsten Sinne des Wortes.«

Mick lachte und nahm einen Schluck Bier. Allmählich entspannte er sich. »Erzählen Sie, wie haben Sie mich gefunden?« Er beugte sich vor und sah Tara direkt in die Augen. »Ich bin neugierig.«

»Durch einen Zufall. Ich kannte ja weder Ihren vollständigen Namen, noch wusste ich, wo Sie wohnen.«

Sie strich mit der linken Hand durch ihr kurzes, schwarzes Haar, öffnete ihre Handtasche und legte einen halbseitigen Zeitungsausschnitt auf den Tisch. »Aber am vergangenen Freitag fand ich das in unserem Stadtmagazin.«

»Unsere Werbeanzeige?!«, rief Mick perplex.

Josh und er schalteten sie jedes Jahr im Frühjahr in sämtlichen Zeitungen der Umgebung. Ein großes Foto von ihrer Werkstatt. Darunter stand ein kurzer Werbetext mit den fett gedruckten Namen der Inhaber: Josh und Mick Railey.

Tara tippte auf seinen Vornamen.

»Ich wusste, Sie sind Automechaniker und dachte, einen Versuch ist es wert«, erläuterte sie nüchtern. »Also rief ich an und Volltreffer.« Sie griff nach ihrer Speisekarte.

»Wollen wir jetzt bestellen?«

»Ja.«

Mick öffnete seine Karte ebenfalls, schaute jedoch nicht hinein, sondern weiterhin Tara an, die konzentriert die angebotenen Speisen durchlas.

Eine selbstbewusste, geradlinige Frau.

Früher hätte er das nicht wahrgenommen, hätte sie lediglich auf ihr Aussehen reduziert und überlegt, wie er sie am schnellsten ins Bett bekam. Mein Gott, war er ein Scheißkerl gewesen. Trotzdem hatte er eine zweite Chance bekommen. Nun konnte er beweisen, dass er es besser konnte.

»Tara?« Seine Stimme klang heiser. »Ich bin froh, dass Sie angerufen haben.« »Ich auch.« Sie sah auf und lächelte ihn an. »Ich auch, Mick.«

Nachdem der Kellner ihre Wünsche notiert hatte, beide hatten sie sich für ein T-Bone-Steak mit Folienkartoffel und Salat entschieden, erzählte Tara ein bisschen über sich.

Sie war 34, seit drei Jahren geschieden und arbeitete bei einer Versicherung.

»Meine Ehe war ein Desaster, doch das ist kein Thema für ein erstes Date«, meinte sie energisch.

Es sei zugegeben manchmal hart, alleinerziehend zu sein, fügte sie hinzu, aber zum Glück standen ihre Eltern, die in Benito einen Friseursalon führten, ihr stets hilfreich zur Seite, wenn es notwendig war.

»Ich habe noch eine ältere Schwester, sie lebt allerdings nicht hier, sondern in Winnipeg.«

Hannah war zu Beginn des Jahres an Krebs erkrankt.

Aus diesem Grund war Tara an jenem Abend im Februar in der Klinik gewesen.

»Damals ging es ihr ganz schlecht. Es war furchtbar, sie so zu sehen.« Einen Moment lang blickte sie starr ins Leere, atmete dann tief durch und ergänzte lächelnd:

»Gott sei Dank schlägt die Chemotherapie gut an. Die Ärzte sind zuversichtlich, dass sie wieder gesundwird.«

»Das freut mich.«

Mick schluckte hart.

Kein Wunder hatte Tara damals so traurig ausgesehen. Wenn er sich vorstellte, dass Josh …

Nein, darüber wollte er gar nicht nachdenken.

»Vivi und Ally wissen übrigens nichts davon«, erklärte Tara nun. »Ich war der Meinung, sie sind zu klein für die Wahrheit. Genau wie Sie, nicht wahr?«

Sie schaute ihn vielsagend an. »Es waren mehr als bloß ein paar Kratzer, die Sie abbekommen haben.«

»So ist es.«

Mick schilderte kurz seinen Unfall.

»Oh, mein Gott, dieser Horror-Crash?!«

Tara schlug eine Hand an den Mund. Ihre grünen Augen weiteten sich schockiert. »Ich erinnere mich an die Presseberichte. Sie schrieben, der Fahrer sei lebensbedrohlich verletzt.« Ihre Stimme bebte. »Das waren Sie?«

»Ja«, bestätigte Mick ernst. »Die Einzelheiten erspare ich Ihnen, aber ich musste mich fast fünf Monate lang zurück ins Leben kämpfen. Der Flug, bei dem wir uns wiederbegegnet sind, war meine Heimreise.«

»Oh, mein Gott«, wiederholte Tara. Sie war leichenblass geworden. »Das, das muss ich jetzt erst mal verarbeiten.«

In diesem Augenblick brachte der Kellner ihre Steaks.

»Guten Appetit.«

Mick dankte ihm und nahm sein Besteck in die Hand.

Da Tara ihn immer noch bestürzt anstarrte, lächelte er ihr beruhigend zu.

»Hey, alles in Ordnung. Es geht mir wieder gut«, sagte er in lockerem Tonfall. »Lassen Sie uns essen.« Er deutete mit dem Messer auf ihren Teller. »Ich bin übrigens erstaunt, dass Sie Ihr Steak auch blutig mögen. Die meisten Frauen schütteln sich bei dem Gedanken.«

Sein Ablenkungsmanöver funktionierte. Ihre Miene entspannte sich.

»Die meisten Frauen haben keine Ahnung von einem guten Steak«, entgegnete sie trocken. »Es muss noch Muh machen, wenn man reinsticht.« Tara rammte ihre Gabel in das Steak. »Haben Sie es gehört?«

»Klar und deutlich.«

Mick lachte. Ihr Humor gefiel ihm.

Eine Weile konzentrierten sie sich schweigend aufs Essen, lächelten einander jedoch immer wieder an; ein stilles Bejahen, dass sie sich beide wohl fühlten. Auch das gefiel ihm. Erst als sie fast aufgegessen hatten, ergriff Tara wieder das Wort.

»Nun würde ich gern etwas mehr über Sie erfahren.«

»Okay.«

Mick wischte mit der Serviette seinen Mund ab und lehnte sich entspannt zurück.

»Ich bin 36, ledig, und meine Arbeit ist für mich mehr als ein Job. Autos heil zu machen, wie Ally es so scharfsinnig ausgedrückt hat, ist meine Leidenschaft. Außerdem liegt mir meine Familie sehr am Herzen, seit dem Unfall mehr denn je.«

Er zählte auf, wer dazu gehörte und verkündete stolz, dass er im Mai noch einmal Onkel werden würde.

»Es ist ein Mädchen. Sie wird Anna heißen und mich vermutlich vom ersten Moment an um den Finger wickeln.«

»Sie die Kleine ebenfalls, davon bin ich überzeugt, denn Sie können phantastisch gut mit Kindern umgehen. Das ist für mich als Mutter natürlich ein wichtiger Punkt.«

Tara legte ihr Besteck beiseite und sah ihn ernst an.

»Mick, ich habe bereits am Telefon erwähnt, dass Sie mir sympathisch sind und dieser Abend bestätigt meinen Eindruck. Fakt ist, Sie sind der erste Mann seit meiner Scheidung, mit dem ich mir eventuell eine Beziehung vorstellen könnte. Deshalb frage ich Sie geradeheraus: Gilt das auch umgekehrt?«

»Ja«, antwortete er, ohne zu zögern.

Tief in ihm jaulte sein altes Ich entsetzt auf, doch das ignorierte er. Tara Henson beeindruckte und bezauberte ihn gleichermaßen. Sie war das Wagnis wert.

Mick griff über den Tisch und nahm ihre Hand.

»Ich mag dich, Tara«, gestand er unverblümt. »Und ich freue mich darauf, dich näher kennen zu lernen.«

»Das klingt wundervoll.«

Ein beglücktes Lächeln erschien auf ihrem Gesicht.

»Hast du Lust, Eine rauchen zu gehen?«, fragte sie dann unvermittelt. »Ich bin keine starke Raucherin, aber zum Abschluss einer Mahlzeit gehört für mich eine Zigarette.« »Für mich auch. Damit haben wir bereits eine zweite Gemeinsamkeit«, sagte Mick augenzwinkernd. »Hoffentlich bleiben es nicht die einzigen«, gab Tara lachend zurück, während sie sich erhoben.

»Das hoffe ich auch. Finden wir es heraus.«

Kapitel 6

»Wer ist dein Lieblingsschauspieler?«

»Harrison Ford.« Mick schwang eine imaginäre Peitsche. »Ich sag bloß Indiana Jones.«

»Ja, die Filme sind klasse, die sehe ich auch gern.«

Tara nahm einen Schluck Wasser.

Sie saßen wieder am Tisch und stellten sich seit nunmehr fünfzehn Minuten gegenseitig die unterschiedlichsten Fragen. Die Liste ihrer Gemeinsamkeiten wuchs dabei allmählich an.

So tranken sie zum Beispiel beide morgens mindestens drei Tassen Kaffee mit Milch und Zucker.

Außerdem kleideten sie sich am liebsten leger, und waren sich unter anderem darin einig, dass ein Leben in der Großstadt für sie nie in Frage käme.

Hinzu kam die Tatsache, dass sie beide gern und ohne schlechtes Gewissen rauchten. Egal, was ihre Angehörigen dazu meinten.

Wie gesagt, die Liste wuchs erfreulich.

Es gab jedoch auch Unterschiede.

Ihr Musikgeschmack beispielsweise lag Welten auseinander.

Mick stand seit Jugendtagen auf Heavy Metal. Je härter und lauter, desto besser. Seine Lieblingsband war *Metallica*.

»Metallica? Nie davon gehört«, hatte Tara zu seiner größten Bestürzung gesagt, nur um ihm gleich darauf einen noch größeren Schock zu versetzen. »Mir gefällt Country.«

Country?

Das war nicht ihr Ernst, oder? Schnulzige Songs über einsame Cowboys, die am Lagerfeuer ihrem Mädchen hinterherheulten. *Oh, Mann.*

Mick hatte es mit Mühe geschafft, nicht die Augen zu verdrehen.

Nun, wenigstens fand sie Indiana Jones gut. Das wog ihren »Musikgeschmack« wieder auf und davon abgesehen, war dieser Unterschied im Prinzip belanglos.

Es gab Wichtigeres.

»Mein Lieblingsschauspieler ist Daniel Craig«, bekannte Tara nun. »Er hat die tollsten blauen Augen der Welt.«

»Hey, und was ist mit meinen?«

Mick verzog gespielt beleidigt das Gesicht.

»Sie sind fast genauso toll«, entgegnete sie verschmitzt grinsend. »Aber eben nur fast.« »Na, danke. Degradiert auf den zweiten Platz«, jammerte er und ließ den Kopf hängen.

Das entlockte ihr ein amüsiertes Kichern.

»Tröste dich, dafür ist deine Nase beträchtlich schöner als seine. Du hast so einen klassisch edlen Männerzinken.«

»Einen was?«

Verblüfft schaute Mick wieder auf. Komplimente hatte er in seinem Leben schon viele erhalten, doch nie zuvor hatte eine Frau seine Nase als edlen Männerzinken bezeichnet.

Tara lachte erheitert über seine verdutzte Miene, da ertönte plötzlich ein melodischer Klingelton aus ihrer Handtasche.

»Oh oh, das ist meine Mutter, entschuldige«, sagte sie mit alarmierter Stimme und holte hastig das Smartphone heraus. »Hi, Mum. Ist mit den Mädchen alles okay?«

Offenbar nicht, denn sie runzelte die Stirn und zog scharf die Luft ein. Mick musterte sie besorgt.

»Sag ihr, ich bin unterwegs. Bis gleich.«

Tara legte seufzend das Smartphone beiseite und sah ihn abbittend an. »Es tut mir schrecklich leid, ich muss nach Hause. Ally hat sich mehrfach übergeben und schreit unentwegt nach mir.«

»Oje, die arme Kleine. Dann lass uns sofort aufbrechen.«

Mick signalisierte dem Kellner, dass dieser die Rechnung bringen solle. Er war zwar enttäuscht über das abrupte Ende des schönen Abends, aber ein krankes Kind, das nach seiner Mutter verlangte, ging absolut vor.

Ein paar Minuten später verabschiedeten Tara und er sich draußen auf dem Parkplatz voneinander.

»Auf Wiedersehen, Mick«, sagte sie lächelnd und reichte ihm die Hand. »Danke für den wundervollen Abend und dein Verständnis.« »Hör auf, das ist doch selbstverständlich«, erwiderte er ruhig. »Ich hoffe, Ally wird rasch wieder gesund. Wir telefonieren oder schreiben wegen unserem nächsten Treffen.«

Er beugte sich hinunter und küsste sie sachte auf die linke Wange. Ihre verführerischen Lippen zu erobern, hätte er zugegeben lieber getan, doch dies war nicht der richtige Moment dafür.

»Auf Wiedersehen, Tara. Bis bald.«

In der Nacht träumte er, wenig überraschend, vom Unfall und erwachte wieder einmal von seinem eigenen Schrei. Es dauerte geraume Zeit, bis er weiterschlafen konnte.

Entsprechend gerädert war er am Donnerstagmorgen. Dennoch lächelte Mick, als er Milch und Zucker in seine Kaffeetasse gab. Ob Tara in diesem Augenblick dasselbe tat?

Versonnen blickte er auf sein Smartphone.

Vielleicht sollte er ihr einen Guten-Morgen-Gruß schicken. Darüber würde sie sich bestimmt freuen.

Mutierst du jetzt zum Romantiker, oder was? Das ist ekelhaft!

»Halts Maul«, sagte Mick grob.

Sein altes Ich ging ihm langsam echt auf die Nerven.

Flugs tippte er eine Nachricht.

Guten Morgen! Ich trinke meinen ersten Kaffee und denke an euch. Wie geht es Ally? Gruß Mick

Tara schrieb erfreulich schnell zurück.

Guten Morgen, Mick! Nett von dir, dass du nachfragst. Bin bereits bei Tasse drei und trotzdem total am A…, denn die Nacht war im wahrsten Sinn des Wortes zum Kotzen. Ich war kaum zuhause, da fing auch Vivi damit an.☹ Wir gehen gleich erst mal zum Kinderarzt. Gruß Tara

»Ach, du Scheiße«, murmelte Mick betroffen und zögerte keine Sekunde. Sie brauchte Hilfe.

Josh hat mich dazu verdonnert, es langsam angehen zu lassen, deshalb arbeite ich derzeit nur halbtags. Wenn du willst, komme ich anschließend vorbei und kümmere mich um die Mädchen, damit du dich ausruhen kannst.

Gespannt wartete er auf ihre Antwort.

Lieb gemeint, aber in solchen Notfällen springen meine Eltern ein. Davon abgesehen muss ich nach dem Kinderarzt zur Arbeit. Wird also nichts mit ausruhen, gähn. Trotzdem danke! Ich melde mich später noch mal.

Mick schluckte ernüchtert.

Ihre Eltern, ja klar. Tara hatte ihm doch erzählt, dass diese ihr stets hilfreich zur Seite standen. Und natürlich musste sie arbeiten. Mein Gott, war er dumm.

Tja, wirklich dumm gelaufen. Gib zu, du hattest darauf gehofft, sie revanchiert sich bei dir mit einem Blowjob.

»Nein! Das ist nicht wahr!«

Jäh ergriff ihn eiskalte Wut und Ekel.

Mick sprang auf und stürmte ins Bad. Dort baute er sich vor dem Waschbecken auf und blickte in den Spiegel.

Früher hatte man ihn oft jünger geschätzt. Mittlerweile sah man ihm sein Alter an. Die qualvolle Zeit nach dem Unfall hatte Falten in sein Gesicht gegraben und in seinem ehemals tiefschwarzen Haar glitzerten etliche silberne Strähnen. Doch das war nebensächlich.

Viel, viel wichtiger war seine innere Verwandlung.

Keine Sekunde lang hatte er an Sex gedacht, als er Tara seine Hilfe angeboten hatte. Ihm ging es lediglich um ihr

Wohl und das der Mädchen. Alle drei lagen ihm bereits sehr am Herzen und deshalb sagte er nun mit fester Stimme laut:

»Ich bin nicht mehr wie du, Bad Boy und will es auch nie wieder sein. Also verschwinde aus meinem neuen Leben und zwar endgültig.«

Hör den Scheiß auf, Mann. Das kannst du unmöglich wollen.

»Doch! Verpiss dich! Jetzt!«, brüllte er zornentbrannt.

Die Worte dröhnten in seinen Ohren, hallten von den Wänden wieder, verklangen langsam und er hörte – Nichts.

Die Stimme seines alten Ichs war verstummt.

Erleichtert schloss er die Augen und atmete tief durch. Dann begann er unvermittelt zu lachen; ein glückliches, erlöstes Lachen, das seinen gesamten Körper schüttelte. Der Mick von früher, er spürte es mit allen Sinnen, war verschwunden.

Für immer.

Fünf Minuten vor Acht betrat er mit federnden Schritten die Werkstatt.

Eine unbeschreibliche Energie erfüllte ihn und er konnte ein strahlendes Grinsen nicht unterdrücken, als er seinen Bruder begrüßte.

»Was ist denn mit dir los?«

Josh musterte ihn verblüfft.

»Ach, mir geht es nur gut heute früh«, antwortete Mick lässig.

Noch war er nicht bereit, über seine Veränderung oder Tara zu sprechen. Er wollte zunächst abwarten, wie sich die Sache zwischen ihr und ihm entwickelte. Sollten sie tatsächlich eine Beziehung miteinander eingehen, dann, erst dann würde er seiner Familie eröffnen, dass der alte Mick nicht mehr existierte.

Der Vormittag ging rasend schnell vorüber.

Um halb eins machte Josh Pause. Bis er zurückkam, blieb Mick noch da.

Er rauchte eine Zigarette, fuhr danach den nächsten Wagen auf die Hebebühne und begann mit der Reparatur. Dabei blickte er immer wieder hinüber zu seinem Smartphone, das auf dem Werkzeug-Regal lag.

Tara hatte versprochen, sich zu melden, doch bis jetzt war keine Nachricht gekommen. War ihr nicht klar, dass er wissen wollte, was der Kinderarzt gesagt hatte?

Seufzend löste er zwei verrostete Schrauben, da ertönte endlich der ersehnte Pfeifton.

Augenblicklich eilte er zum Regal.

Entschuldige, Mick. Komme erst jetzt dazu, dir zu schreiben. Vivi und Ally haben eine Lebensmittelvergiftung, und nicht nur sie. Der halbe Kindergarten saß beim Arzt! Anscheinend war das Mittagessen gestern verdorben. Mittlerweile geht es den Mädchen besser, sie holen ihren Schlaf nach, schrieb mir meine Mutter soeben. Das würde ich auch gern, doch ich fürchte, mein Chef wäre sauer, wenn ich am Schreibtisch schlafe. ☺ Und wie geht es dir?

Ihm ging es ausgezeichnet. Er vibrierte immer noch vor Energie. Das konnte er einer erschöpften Mutter jedoch schlecht schreiben.

Ich bin okay, danke der Nachfrage. Freut mich, dass es den Mädchen bessergeht, aber du hast mein volles Mitgefühl. Wäre ich dein Chef, würde ich dir freigeben. Wie lange musst du noch arbeiten?

Bis halb fünf. Mick, können wir uns am Wochenende vielleicht treffen? Der Gedanke, dich wiederzusehen, würde mir durch diesen Tag helfen. Oder geht dir das zu schnell, dann sag es bitte ehrlich.

Zu schnell?

Mick lachte leise. Wenn sie wüsste. Seinetwegen konnte es gar nicht schnell genug gehen!

Sein Herz pochte wie verrückt, während er überlegte.

Am liebsten hätte er ihr angeboten, zu ihr nach Hause zu kommen, dann könnte er auch die Zwillinge sehen, doch er traute sich nicht. Das ging bestimmt ihr zu schnell.

Hey, selbstverständlich will ich mich mit dir treffen!! Samstagabend, sieben Uhr? Wieder im Steakhouse?

Als gleich darauf ihre Antwort eintraf, ließ er beinahe das Smartphone fallen. Fassungslos starrte Mick aufs Display und bekam eine Gänsehaut. Das war keine Telepathie mehr. An die er ohnehin nicht glaubte. Nein, hier war ein Größerer am Werk, das wurde ihm schlagartig klar.

»Allmächtiger«, flüsterte er überwältigt und las die Nachricht ein zweites Mal.

Lieber Mick, offen gesagt, hatte ich an etwas Anderes gedacht. Vorausgesetzt, du hast nichts gegen ein lebhaftes Date zu viert, lade ich dich herzlich zu einem Besuch bei uns ein. Samstagnachmittag, Zwei Uhr? Oder lieber Sonntag? Du entscheidest.

Mick legte das Smartphone beiseite. Seine Hände zitterten. »Oh, Gott. Oh, Gott.«

Er musste erst einige Male tief durchatmen, ehe er in der Lage war, Tara zu antworten.

Liebe Tara, du hast den Mann mit den zweittollsten blauen Augen der Welt soeben ziemlich glücklich gemacht. Daniel Craig wäre garantiert neidisch auf mich, denn er hatte bestimmt noch nie ein Date mit gleich drei wundervollen, bildhübschen Frauen. Bis Samstag, ich freue mich auf euch!! Mick

Er drückte auf Senden, ging zum Fenster und schaute zum Himmel hinauf.

»Danke«, sagte er inbrünstig. »Ich werde dich nicht enttäuschen.«

Kapitel 7

Laufen. Laufen. Laufen.

Auf eigenen Beinen. Ein großartiges Gefühl.

Mick wischte sich mit dem Handtuch den Schweiß von der Stirn und schickte nicht zum ersten Mal ein stummes Dankeschön an Pete.

Nach einer halben Stunde wechselte er auf die Hantelbank, die wie der Crosstrainer seit einigen Tagen in seinem Wohnzimmer stand.

Seine Idee, sich bei Robert Jenkins anzumelden, hatte Mick in dem Moment verworfen, als er vergangene Woche dessen Studio betreten hatte und jäh seiner Vergangenheit gegenüberstand. Mindestens fünfzehn seiner ehemaligen Affären turnten dort herum und glotzten ihn an. Es war eindeutig, hier würde er nicht in Ruhe trainieren können und er wollte es auch nicht. Deshalb hatte er auf der Stelle kehrtgemacht.

Wieder zuhause bestellte er im Internet den Crosstrainer und die Hantelbank. Sie hatten ihn einige Dollar gekostet, doch das war es wert. Jetzt konnte er ungestört trainieren, ohne glotzende Blicke ertragen zu müssen und außerdem noch seine Musik dabei hören. Aus den Boxen knallte das neueste Album von *Metallica*.

Mick drückte die Hantelstange ein letztes Mal hoch und legte sie schwer atmend beiseite. Genug für heute. Normalerweise trainierte er länger, aber er wollte sich nicht völlig verausgaben. Schließlich brauchte er Kraft für den Nachmittag. Für sein Date zu viert. Er konnte es kaum erwarten, Tara und die Mädchen zu sehen.

Wer war Daniel Craig noch gleich?

Mick grinste und ging duschen.

Kurz nach Eins fuhr er los, zunächst in die Stadt.

In einem Supermarkt holte er Schokolade für Vivi und Ally und betrat danach den Blumenladen nebenan. Die Verkäuferin, die ihn bediente, ahnte nicht, dass sie Zeugin einer Premiere wurde. Zum ersten Mal in seinem Leben kaufte Mick Railey einer anderen Frau als seiner Mutter Blumen.

Heute bekam er keine Panikattacke vor der Kurve.

Sein Herz klopfte zwar rasend schnell, doch das war lediglich die Vorfreude.

Punkt Zwei hielt er vor Taras Haus; einem hellblau gestrichenen Bungalow.

»Hallo, Mick.«

Tara öffnete mit einem strahlenden Lächeln die Tür.

»Schön, dass du da bist.« Sie stellte sich auf die Zehenspitzen und hauchte einen Kuss auf seine rechte Wange. Federleicht, er spürte ihn kaum. Trotzdem begann es sofort in seinem Magen zu kribbeln. »Wie hätte ich dieser Einladung widerstehen können«, entgegnete er rau, küsste sie ebenfalls auf die Wange und reichte ihr den Strauß Frühlingsblumen.

»Sind die hübsch, danke!«

Tara schnupperte genießerisch daran.

»Komm rein«, forderte sie ihn dann fröhlich auf. »Mach dich jedoch auf was gefasst. Ich habe den Mädchen nichts von deinem Besuch erzählt. Sie werden durchdrehen.«

»Du hast ihnen verschwiegen, dass ich komme?«, fragte Mick verwundert und folgte ihr den Flur entlang in ein kleines, gemütlich eingerichtetes Wohnzimmer. Durchs Fenster erblickte er Vivi und Ally, die draußen im Garten mit einem Ball spielten. »Wieso?«

»Eine Vorsichtsmaßnahme.«

Tara holte eine Vase aus dem Schrank, füllte sie in der Küche rasch mit Wasser und stellte sie mit dem Strauß auf den Wohnzimmertisch. »Ich wollte ihnen die Enttäuschung ersparen, falls du abgesagt hättest«, erklärte sie nebenbei mit nüchterner Stimme.

»Abgesagt?«

Mick starrte sie konsterniert an. Wie kam sie denn auf diesen absurden Gedanken? Er hätte dieses Date nicht einmal beim drohenden Weltuntergang abgesagt!

»Nun, so etwas kommt vor.«

Tara lachte bitter. »Gordon, mein Exmann, verspricht den beiden oft, dass er sie abholt und versetzt sie dann in letzter Minute, meist aus fadenscheinigen Gründen.«

»Okay, verstehe«, sagte Mick langsam. »Aber lass mich eines klarstellen.«

Er legte seine Hände auf ihre zierlichen Schultern und sah Tara nachdrücklich in die Augen. »Ich bin nicht Gordon. Was ich verspreche, halte ich. Immer.« »So habe ich dich auch eingeschätzt«, gab sie hastig zurück. »Aber schlechte Erfahrungen prägen einen nun mal.« Ihre grünen Augen flehten um Verständnis. »Tut mir leid, wenn ich dich gekränkt habe. Das wollte ich nicht.«

»Schon gut.«

Mick räusperte sich und ließ sie los.

Im ersten Moment war er tatsächlich ein wenig gekränkt gewesen, doch er hatte begriffen, weshalb sie so handelte.

Er blickte nach draußen zu den Mädchen und schüttelte empört den Kopf. Wie konnte ihr Vater sie nur ständig enttäuschen? Gordon Henson war ein verdammtes Arschloch.

»Sprich es ruhig laut aus«, sagte Tara, die ihm offenbar ansah, was er dachte, und brachte ihn damit zum Lachen.

Als hätten sie ihn gehört, schauten die Zwillinge genau in diesem Moment zum Fenster und entdeckten ihn. Ihre Augen weiteten sich voller Erstaunen.

Zwei überraschte, süße Klone in Jeans und roten Jacken.

Mick winkte grinsend und öffnete schwungvoll die Terrassentüre. »Hey, Ladies!«

Eine Sekunde später rasten die beiden auf ihn zu.

Ally lachte silberhell, während Vivi unaufhörlich seinen Namen rief. »Mick!« »Mick!« »Mick!«

Ihre offensichtliche Freude wärmte sein Herz.

Er ging in die Hocke, breitete die Arme aus und hielt nur mit größter Mühe das Gleichgewicht, als sie über ihn herfielen. »He, he, langsam«, protestierte er gutmütig.

»Warum hast du uns nicht gesagt, dass er zu Besuch kommt, Mummy?«, kreischte Vivi derart laut, dass er um sein Gehör fürchtete. Ihr kleines Gesicht glühte vor Begeisterung. »Sie wollte euch überraschen«, sagte Mick rasch und holte die Schokoladentafeln aus seiner Jacke. »Hier, die sind für euch.«

Er schaute zu Tara, die die Szene sichtlich gerührt beobachtete. »Ich hoffe, das ist okay.« »Für heute, ja«, erwiderte sie schmunzelnd. »Ich möchte jedoch nicht, dass du ihnen jedes Mal etwas mitbringst.«

»Jedes Mal? Heißt das, du kommst uns nun öfters besuchen?«, piepste Ally mit entzückter Miene.

»Ja.«

Mick nickte und gab zuerst ihr, dann Vivi einen Kuss auf die Stupsnase. »So oft wie möglich, versprochen.«

»Schneller, schneller!«

»Seid ihr sicher?«

»Jaaa!«

»Na, gut. Wie ihr wollt.«

Mick schubste die glänzende Drehscheibe ein weiteres Mal kräftig an. Ihm war allein vom Zusehen schlecht, die Mädchen hingegen kreischten vergnügt.

Da es ein verhältnismäßig milder und sonniger Tag war, hatte Tara vorgeschlagen, mit ihnen auf einen Spielplatz in der Nähe ihres Hauses zu gehen.

»Sie können sich dort austoben und wir haben Zeit zu reden«, hatte sie gemeint.

Soweit die Theorie.

Seit sie vor einer halben Stunde hier angekommen waren, schleiften Vivi und Ally ihn von Spielgerät zu Spielgerät.

Er war gefühlte hundert Mal gerutscht, hatte geschaukelt und gemeinsam mit den beiden das hohe Klettergerüst erobert. Er hätte nicht gedacht, dass die schüchterne Ally sich dort hoch traute, aber sie war als Erste oben gewesen. Es machte Mick wirklich Spaß, mit ihnen zu spielen, doch nun zog es ihn mit Macht zu Tara.

»Ladies, gönnt mir eine Pause«, sagte er deshalb energisch. »Ich setze mich für eine Weile zu eurer Mummy.«

Erstaunlicherweise protestierten sie nicht. Die Zwillinge nickten einvernehmlich, sprangen von der Drehscheibe und rannten zur Rutsche.

Tara saß auf einer Bank und hielt mit geschlossenen Augen das Gesicht in die Sonne. Sie sah entspannt aus.

Entspannt und bezaubernd.

In seinem Magen begann es erneut zu kribbeln.

Sehnsüchtig betrachtete Mick ihre Lippen, während er auf sie zu schlenderte. Oh Mann, wie gern hätte er sie jetzt geküsst. Leider war dies jedoch abermals nicht der richtige Moment dafür. Sie hatten ein Date zu viert und befanden sich zudem auf einem Spielplatz.

Unabhängig davon hatte er keine Ahnung, ob sie schon bereit dazu wäre. Er musste sich wohl oder übel gedulden.

Tara öffnete die Augen, als er sich neben sie setzte.

Ihr Blick war sehr ernst.

»Ich habe mich gerade gefragt, ob das mit uns überhaupt eine Zukunft haben kann«, sagte sie leise und sein Herz geriet jäh aus dem Takt.

»Wieso?«

Mick brachte das Wort kaum heraus.

Entsetzt und verwirrt starrte er Tara an, die nun unglücklich das Gesicht verzog. »Weil du so kinderlieb bist, deshalb. Bestimmt willst du irgendwann eigene haben. Ich möchte jedoch keine mehr«, erklärte sie mit gepresster Stimme.

Allmächtiger!

Das war ihr Problem?

Mick hielt zischend den Atem an und schloss vor Erleichterung kurz die Augen. Als er sie wieder aufmachte, sah er erschreckt, wie Tara um Fassung rang. Verdammt, sie hatte seine Reaktion missverstanden.

»Nicht weinen, bitte«, flehte er hastig. »Tara, hör zu.«

Er nahm ihre Hände in seine und lächelte sie beruhigend an. »Ich habe bereits als junger Mann beschlossen, nie Kinder zu haben. Doch, glaub mir«, sagte er eindringlich, weil sie ihn skeptisch anguckte. »Du kannst jeden aus meiner Familie fragen, sie werden es bestätigen. Ich liebe Kinder, aber es genügt mir völlig, Onkel oder Ersatzvater für süße Zwillinge zu sein.«

Mick stockte kurz und fragte dann verunsichert:

»Sind deine Bedenken damit zerstreut oder hast du noch weitere?«

»Nein.«

Tara seufzte erleichtert. »Nur einen Wunsch.«

Sie löste ihre Hände aus seinen und umfasste sanft sein Gesicht. In ihren grünen Augen lag jetzt unverhohlene Zuneigung. »Ahnst du, welchen?«, flüsterte sie mit einem hinreißenden Lächeln und gab die Antwort gleich darauf selbst. Weich und einladend berührten ihre Lippen seinen Mund.

Tara küsste ihn!

Mick stöhnte überwältigt und zog sie in seine Arme.

Als ihre Zungen sich berührten, geschah etwas, das er nie zuvor erlebt hatte. Der Kuss erregte ihn, doch ein anderes Gefühl war tausendfach stärker. Eine unbeschreibliche, zärtliche Wärme durchflutete seinen gesamten Körper. Es fühlte sich an, als würde er sich auflösen, mit Tara verschmelzen, und in diesem wunderbaren Moment begriff er, was Josh ihm seit Jahren verzweifelt versucht hatte, nahe zu bringen.

Sex war bloß Sex.

Das hier war Liebe.

Kapitel 8

Schmetterlinge im Bauch.

Auf Wolke Sieben schweben.

Früher hatte Mick derlei Redewendungen stets verächtlich abgetan. Schwachsinniges, romantisches Geschwätz. Mannomann, was war er für ein ahnungsloser Idiot gewesen.

Glückselig grinsend blickte er auf das Selfie, das Tara ihm soeben geschickt hatte. Sie und die Mädchen saßen nebeneinander auf der Couch. Alle drei machten einen Kussmund, und darunter stand: Wir sind sooo verliebt in dich!!

Dieser Satz brachte die Schmetterlinge in seinem Bauch dazu, noch wilder zu flattern und das wiederum verstärkte das Gefühl, zu schweben; auf eben jener Wolke Sieben.

»Scheiße, muss das sein am frühen Morgen?«

Der ärgerliche Ausruf seines Bruders riss Mick abrupt zurück auf die Erde. Rasch legte er das Smartphone weg und ging ins Büro zu Josh, der mit einem Lieferanten telefoniert hatte. »Gibt es ein Problem?«

»Sogar zwei und sie sind schwergewichtig.«

Josh zeigte mit düsterer Miene nach draußen.

Veronica und Mandy Weston watschelten auf die Werkstatt zu. Sie hielten Sammelbüchsen in den Händen.

»Du hast Recht. Das ist scheiße«, sagte Mick trocken.

Die zwei schlimmsten Klatschbasen von Swan River waren seit einiger Zeit begeisterte Sammlerinnen für ihre Kirchengemeinde. Mit christlicher Nächstenliebe hatte das allerdings wenig zu tun. Viel wichtiger als das Geld war ihnen, auf diese Weise ihren Tratsch in der Stadt verbreiten zu können.

»Verdammt, ich habe weder Zeit noch Lust auf ihre verrückten Geschichten.«

Josh stöhnte verdrossen.

»Vergiss nicht die giftigen Blicke von Veronica, weil du ihre bezaubernde Tochter verschmäht hast«, ergänzte Mick ironisch. Nach dem Tod seiner ersten Schwägerin hatte Mandy erfolglos versucht, sich seinen Bruder zu angeln.

»Keine Sorge, Josh.«

Er gab ihm einen aufmunternden Klaps. »Ich fang sie ab. Mit mir reden sie ja nicht.«

Sie redeten bloß *über* ihn. Zu seiner Schande musste er gestehen, dass diese Geschichten früher alle der Wahrheit entsprochen hatten.

Mandy und ihre Mutter blieben abrupt stehen, als er vor die Werkstatt trat. Ihre scheinheilig entrüsteten Mienen belustigten ihn, doch er blieb ernst.

»Guten Morgen, die Damen. Wieder einmal unterwegs für die Sache des Herrn«, sagte er ruhig und nahm zwei Fünf-Dollar-Scheine aus seinem Geldbeutel. »Das unterstützt Railey Motors natürlich gern.«

Da keine der beiden Anstalten machte, ihm ihre Sammelbüchse entgegen zu strecken, trat er auf Mandy zu und hielt ihr die Scheine vor die Nase. »Bitte.«

Sie reagierte nicht, starrte ihn nur an, als hätte sie ihn noch nie gesehen. Was genau genommen auch stimmte. Den neuen Mick kannte sie nicht.

Nach einigen Sekunden räusperte sich Veronica und riss ihm das Geld grob aus der Hand. Ohne ein Wort des Dankes watschelten sie davon.

Mick sah ihnen kopfschüttelnd hinterher, da spielte ihm sein Gehirn jäh einen fiesen Streich. Es sandte Bilder aus jenem fürchterlichen, eigentlich längst vergessenen Albtraum, in dem er Mandy um Sex angefleht hatte.

»Bäh.«

Er schauderte angeekelt und eilte in die Werkstatt zu seinem Smartphone. Der Anblick des Selfies fegte die fiese Erinnerung im Nu fort.

Seine drei wundervollen Frauen!

Nach dem Spielplatzbesuch war er bis zum Abendessen bei ihnen geblieben. Am Sonntag fuhr er direkt nach dem Frühstück erneut nach Benito und sie verbrachten den ganzen Tag miteinander. Montag und Dienstag hatten sie nur telefoniert, aber heute Abend würde er sie wiedersehen. Sie wollten gemeinsam Burger essen gehen.

»Danke, dass du die Heuchlerinnen abgewimmelt hast«, ertönte Joshs erleichterte Stimme hinter ihm. »Wieviel hast du ihnen gegeben?«

»Zehn« antwortete Mick gedehnt und schaute in Taras funkelnde grüne Augen.

Noch hatte er keinem von ihr und den Mädchen erzählt, doch nun hielt er es nicht länger aus. Er musste sein Glück teilen. Deshalb drehte er sich um und sagte heiser:

»Josh, du bist der Erste, der es erfährt. Ich bin seit vier Tagen in einer festen Beziehung.«

»Du bist was!?«

Sein Bruder, der gebeugt über der offenen Motorhaube eines Wagens stand, richtete sich ruckartig auf und starrte ihn genauso an wie Mandy vorhin. »Wiederhol das bitte«, krächzte er fassungslos.

»Du hast schon richtig gehört«, entgegnete Mick glücklich lachend. »Es hat mich erwischt, Josh. Ich bin verliebt, und wie. Dank Tara habe ich kapiert, was du mir seit Jahren predigst. Sex und Liebe sind tatsächlich zwei völlig unterschiedliche Dinge.«

»Herr im Himmel. Mick!«

Josh warf den Schraubenschlüssel, den er in der Hand hielt achtlos beiseite.

»Wie oft habe ich dieses Wunder herbeigesehnt!«, rief er und umarmte ihn mit einem begeisterten Lächeln. »Ich freu mich, ich freu mich riesig für dich!« Seine blauen Augen leuchteten froh. »Aber nun raus mit der Sprache«, forderte er dann. »Wer ist diese Tara und wie ist es ihr gelungen, dein Herz zu erobern?«

»Das ist eine lange Geschichte. Es fing alles an mit dem Unfall.«

Freimütig berichtete Mick, wie stark dieser ihn aufgerüttelt und nachhaltig sein Denken verändert hatte und schilderte danach detailliert die Entwicklung zwischen ihm und Tara. Angefangen von ihrer ersten Begegnung in der Klinik bis hin zu ihrem ersten Kuss am vergangenen Samstag.

»Ich weiß gar nicht, wie ich dir dieses Gefühl beschreiben soll, das mich dabei durchflutete.«

»Musst du auch nicht, ich kenne es, du Idiot.«

Josh, der ihm ohne Zwischenfragen fasziniert zugehört hatte, boxte ihm grinsend auf die Schulter. »Jammerschade, dass du es erst jetzt entdeckt hast, aber besser spät als nie. Hast du ein Foto von ihr?«

»Wow, bildhübsch, alle drei«, meinte er gleich darauf beifällig, als Mick ihm das Selfie zeigte. »Welche ist welche von den Zwillingen?« »Keine Ahnung, ich kann sie bislang nur unterscheiden, wenn sie den Mund aufmachen.«

Mick grinste und erzählte, wie die Mädchen auf den Kuss reagiert hatten.

»Die forsche Vivi fragte frei heraus, wieso wir uns geküsst haben. Tara erklärte, dass wir uns ineinander verliebt hätten und ich jetzt ihr Freund sei. Ally, sie ist im Gegensatz zu ihrer Schwester sehr schüchtern, sagte nichts dazu, sie strahlte mich nur entzückt an. Vivi hingegen widersprach Tara energisch.«

Mick ahmte ihre Stimme und Mimik nach.

»Oh nein, Mummy! Er ist nicht bloß deiin Freund, son- dern uunserer, denn wir sind auch in ihn verliebt.«

»Wie süß.«

Josh lachte amüsiert. »Die Kleine gefällt mir bereits jetzt.« Er schaute auf die Uhr und hob den Schraubenschlüssel wie- der auf. »Bei aller Freude, wir sollten weitermachen, aber tu mir einen Gefallen«, sagte er mit ernster Miene. »Erzähl es möglichst bald Mum. Sie wartet schon so lange darauf.«

»Mach ich.« Mick nickte. »Noch heute, versprochen.« Seine Mutter arbeitete im Vorgarten, als er am frühen Nach- mittag bei ihr ankam. Sie begrüßte ihn erfreut und bat ihn hinein.

»Gibt es einen Grund für deinen Besuch oder wolltest du einfach nur mal vorbeischauen?«, fragte sie fröhlich, wäh- rend sie ihnen beiden Kaffee einschenkte.

»Ersteres.«

Mick wartete, bis sie saß, legte das Smartphone auf den Tisch und holte tief Luft. Er war nervös, im positiven Sinn. »Mum, du wünscht dir doch seit Jahren eine Frau an meiner Seite«, sagte er mit leicht bebender Stimme. »Dieser Wunsch hat sich erfüllt.« Er rief das Selfie auf. »Das ist Tara mit ihren Töchtern Vivi und Ally. Wir sind seit Samstag zusammen.«

Margret Railey sah hinunter auf das Foto.

Schweigend, mindestens zwei Minuten lang.

Wieso sagte sie denn nichts?

Mick war verwirrt. Er hatte damit gerechnet, sofort mit Fragen überschüttet zu werden.

Da blickte seine Mutter plötzlich zu ihm und er bekam jäh feuchte Augen. In ihrem Blick lag eine solch tiefe, innige Liebe, dass es wehtat.

»Dies ist einer der glücklichsten Momente meines Lebens«, sagte sie zittrig und stand auf. »Komm her.«

Er ging zu ihr und als sie ihn umarmte, vor Freude jubelnd und weinend zugleich, verlor er die Fassung. Wäre er nicht so ein Scheißkerl gewesen, hätte er ihr diesen Glücksmoment schon vor Jahren schenken können.

»Es tut mir leid, Mum«, stieß er schluchzend hervor. »Ich wünschte, ich hätte es früher kapiert.«

»Ach, Mick.«

Sie lächelte ihn zärtlich an. »Besser spät als nie.«

»Ja, das meinte Josh heute Morgen auch.«

Mick wischte schniefend seine Tränen ab.

»Ich weiß, du bist dagegen, aber ich brauche jetzt eine Zigarette. Gehst du mit auf die Terrasse? Dann erzähle ich dir alles über Tara.« »Das will ich dir auch geraten haben, mein Lieber«, entgegnete seine Mutter energisch und folgte ihm lachend hinaus.

Neuigkeiten sprachen sich in Swan River in Windeseile herum.

Mick Railey hat eine Freundin!!

Diese Nachricht wäre zweifellos die Sensation des Jahres.

Wäre, denn noch wusste niemand davon.

Früher war es Mick scheißegal gewesen, was die Leute über ihn redeten. Seine Gefühle für Tara dem Stadtklatsch preiszugeben, widerstrebte ihm jedoch zutiefst. Daher hatte er seine Familie gebeten, vorerst zu schweigen und sie hielten sich daran, obwohl es ihnen schwerfiel. Vor allem seiner Mutter und Cathy.

An einem Freitagabend Mitte April, saß Mick mit den beiden, Josh und Jordan im Restaurant des »First Swan Hotel.« Ein spontanes Familienessen, ohne besonderen Anlass.

Nach dem Dessert kamen Melanie und Roy Brewster an ihren Tisch, um Hallo zu sagen. Mick begrüßte sie und ging dann hinaus, um seine obligatorische Zigarette zu rauchen. Verträumt sah er den Rauchkringeln hinterher und dachte an Tara.

Zwei Wochen war er erst mit ihr zusammen, doch er konnte sich ein Leben ohne sie und die Mädchen bereits nicht mehr vorstellen. Morgen würde er das erste Mal bei ihnen übernachten – und keusch auf der Couch schlafen.

Selbstbewusst und geradlinig wie sie war, hatte Tara ihm unmissverständlich erklärt, dass Sex in der Anfangsphase ihrer Beziehung für sie nicht infrage kam.

Mick seufzte.

Das war eine harte Geduldsprobe für ihn, im wahrsten Sinn des Wortes. Er war dermaßen scharf auf sie, wollte jeden Zentimeter ihres zierlichen Körpers erforschen, in sie eindringen, eins mit ihr werden. Aber er respektierte ihren Wunsch, weil er sie liebte.

Als er ins Restaurant zurückkehrte, musterte Melanie ihn missbilligend.

»Wie ich sehe, frönst du weiterhin deinen Lastern«, sagte sie spitz. »In welcher Bar geht es denn heute auf die Jagd?«

Früher hätte er ihr jetzt eine Anzüglichkeit an den Kopf geknallt. Genau damit rechnete sie; sie reckte angriffslustig das Kinn.

Mick verkniff sich ein Lächeln und erwiderte in Seelenruhe: »Ich jage nicht mehr, Mel.« »Ja, klar.« Sie lachte sarkastisch und verzog verächtlich die Mundwinkel. »Du glaubst doch nicht, dass ich dir das abnehme.«

Natürlich glaubte sie ihm nicht, wieso sollte sie?

Neben ihr presste Cathy fest die Lippen zusammen und seine Mutter räusperte sich vernehmlich. Die beiden platzten beinahe, er sah es ihnen an.

Mick gab sich einen Ruck. Mel und ihren Mann konnte er bedenkenlos einweihen. Sie waren mit seinem Bruder befreundet und vertrauenswürdig. Wenn er sie darum bat zu schweigen, würden sie es tun.

»Weißt du, Melanie, das liegt nur daran, weil du keine Ahnung hast«, sagte er immer noch seelenruhig zu ihr. »Keine Ahnung, wie es ist, in panischer Angst dem Tod ins Auge zu sehen. Wochenlang ans Bett gefesselt zu sein, vor Schmerzen zu schreien und nicht zu wissen, ob du je wieder auf die Beine kommst. Keine Ahnung, was das alles in einer Seele anrichtet. Aber ich weiß es und kann dir versichern,

Mel, da kommt sogar ein sexistischer Scheißkerl ins Nachdenken.«

Mick hielt kurz inne.

Atemlose Stille herrschte jetzt am Tisch.

Er spürte die Blicke der anderen, konzentrierte sich jedoch ausschließlich auf Melanie. Sie betrachtete ihn verstört; in ihren Augen flackerte langsam aufsteigendes Begreifen.

»Du dachtest, ich mache weiter wie vorher. Mick Railey, der ändert sich doch nie.«

Er lachte rau und etwas bitter.

»Das kann ich gut verstehen, doch du irrst dich. Ich habe mich verändert, mehr, als du dir vorstellen kannst und bin verdammt froh darüber.«

»Wir auch!«, riefen seine Mutter, Josh und Cathy wie aus der Pistole geschossen gleichzeitig und begannen zu lachen, als Melanie wortwörtlich die Kinnlade herabfiel. Roy wirkte ebenso perplex.

»Ihr seht, meine Familie bestätigt es.«

Mick zog das Smartphone aus der Tasche und schmunzelte, denn Cathy und seine Mutter seufzten hörbar erleichtert auf. Er zwinkerte ihnen zu und ließ die Bombe platzen.

»Falls ihr trotzdem noch einen Beweis braucht, hier ist er. Darf ich vorstellen: Meine Freundin Tara und ihre Töchter. Ich bin total vernarrt in die Drei.«

Melanie und Roy entgleisten nun sämtliche Gesichtszüge. Sie glotzten auf das Selfie, schauten zu ihm, wieder auf das Bild und japsten vergeblich nach Worten.

»Vielleicht solltest du den beiden einen Schnaps bestellen«, meinte Josh prustend vor Lachen zu Mick.

»Wow.«

Roy fing sich als Erster.

»Wow, meinen Respekt, Mick«, sagte er tief beeindruckt und legte ihm freundschaftlich eine Hand auf die Schulter. Dann schaute er zu seiner Frau, die immer noch das Foto anstarrte und unentwegt den Kopf schüttelte. »Darling, ich denke, du musst dich von einem Feindbild verabschieden.«

Melanie nickte und schluckte heftig.

»Ich, ich bin völlig überwältigt, Mick.«

Ihre Stimme bebte. »Das hätte ich nie für möglich gehalten.« Sie sah auf und lächelte ihn zum ersten Mal, seit sie sich kannten, herzlich und voller Wertschätzung an. »Du bist ein vollkommen neuer Mensch geworden.«

»Ja.« Mick erwiderte ihr Lächeln. »So ist es, Mel.«

Kapitel 9

Das Kinderzimmer von Vivi und Ally war ein lebendig gewordener Mädchentraum.

Aus männlicher Sicht hingegen ein Albtraum.

Bei seinem ersten Besuch wäre Mick beinahe blind geworden, als er es betreten hatte. Wohin er auch sah, alles war rosa. Lampen, Bettwäsche, der Spielteppich, die Vorhänge.

Grauenhaft!

Das hatte er natürlich nicht laut gesagt, sondern alles gebührend bewundert und mittlerweile hatte er sich an die Farbe gewöhnt.

Ebenso an die Mitbewohner der Zwillinge, denn sie lebten nicht allein in dem Zimmer. Sage und schreibe vierzehn Barbiepuppen leisteten ihnen Gesellschaft. Diese bewohnten ein dreistöckiges, rosafarbenes Barbie-Stadthaus.

Zwei Barbie-Sport-Cabrio sowie ein Barbie-Wohnmobil parkten davor. Auch sie waren – Überraschung! – rosa.

»Können Sie es reparieren?«, fragte Ally piepsig.

Genau genommen fragte es Debra. Die blonde Barbie und ihre dreizehn Plastik-Freundinnen waren eindeutig so miserable Autofahrer wie Martha Morris. Ständig musste Mick eines ihrer Fahrzeuge »heil machen.«

Die Zwillinge liebten dieses Spiel.

»Natürlich, Miss Debra«, antwortete er lässig und drehte das Wohnmobil um.

Vor einigen Tagen hatte er zum Entzücken der Mädchen ein paar Schraubenschlüssel aus der Werkstatt mitgebracht, um die »Reparatur« echter aussehen zu lassen. Zwei Minuten später »lief« das Wohnmobil wieder und er bekam seine übliche Bezahlung. Zwei süße Küsse auf die Wangen, die ihm ein Schmunzeln entlockten.

Im selben Moment rief Tara aus der Küche fröhlich:

»Essen ist fertig!«

»Wir kommen!«, rief Mick zurück und ging mit den Zwillingen ins Bad zum Händewaschen.

»Hm, das riecht ja wieder himmlisch«, sagte er beifällig, als sie danach die Küche betraten.

Tara war eine erstklassige Köchin. Er küsste zärtlich ihren Nacken und nahm ihr die Schüssel mit dem Tomatensalat aus der Hand. Dazu gab es Pulled Pork und Folienkartoffeln. Ein mildes Zitronensorbet rundete die Mahlzeit ab.

Nach dem Essen machten sie zu viert einen ausgedehnten Spaziergang um einen einsam gelegenen Waldsee.

Mick war überrascht, wie klaglos die Mädchen durchhielten. Er hatte es als Kind gehasst, spazieren gehen zu müssen und jedes Mal dabei gemotzt; sehr zum Missfallen seiner Mutter. Vivi und Ally hüpften jedoch die ganze Strecke gut gelaunt neben ihm und Tara her. Sie sammelten Blätter und Stöcke, warfen Steine in den See, und ab und zu sangen sie.

Mädchen-Lieder.

Über Prinzessinnen, Tierbabys, Blümchen und derlei Dinge.

»Hättest du etwas dagegen, wenn ich ihnen einige Songs von Metallica beibringe?«, fragte Mick irgendwann gespielt gequält.

»Sei froh, dass sie keine Country singen«, parierte Tara grinsend. Sie wusste mittlerweile, wie er dazu stand, hatte jedoch kein Problem damit. Ein unterschiedlicher Musikgeschmack war auch ihrer Meinung nach belanglos.

Auf der Rückfahrt schlug sie spontan vor, in Benito irgendwo Kaffee zu trinken.

»Au ja, Mummy!«, rief Vivi begeistert. »Können wir dahingehen, wo es den krisseligen Apfelkuchen gibt? Biiitte!«

»Krisselig?« Mick blickte verdutzt zu Tara.

»Sie meint Apfelstreusel«, erklärte sie lachend.

»Ach so.«

Er grinste amüsiert, doch gleich darauf verging ihm das Grinsen, denn sie bog nun ausgerechnet in die Straße ein, in der Karen wohnte. In Reichweite deren Hauses lag ein Café, daran erinnerte er sich. War das etwa ihr Ziel?

Nein, sie fuhren vorüber, zum Glück.

Mick atmete erleichtert auf.

Als Tara ihm damals erzählt hatte, dass sie in Benito lebte, hatte er zwangsläufig an Karen denken müssen und dabei widerwillig in Betracht gezogen, ihr vermutlich eines Tages zu begegnen. Bislang war dies nicht geschehen und er hoffte inständig, dass es noch lange so blieb. Er wollte sie nicht sehen. Diese Frau gehörte seiner Vergangenheit an.

Verdammt, seine Vergangenheit!

Unvermittelt überfiel ihn eisiger Schrecken.

Entsetzt wurde ihm bewusst, dass Tara keine Ahnung hatte, welch ein Scheißkerl er früher gewesen war. Sie kannte nur den neuen Mick. In seiner Verliebtheit hatte er das komplett ausgeblendet. Was war er bloß für ein Idiot! Spätestens dann, wenn sie auf seine Familie traf, die allesamt danach gierten, sie und die Mädchen kennen zu lernen, erfuhr sie doch zwangsläufig von seinem alten Ich!

Betreten sah Mick zu Tara und schluckte hart. Er musste es ihr sagen, möglichst bald. Aber nicht heute. Das Thema war heikel, daher sollte er sich gut vorbereiten auf seine Beichte. Wenn er morgen wieder zuhause war, würde er in Ruhe darüber nachdenken.

Am frühen Abend saß er alleine im Wohnzimmer und schaute ein Baseball-Spiel an.

Tara war im Bad, sie half ihren Töchtern beim Duschen.

Anschließend brachten sie und Mick die beiden gemeinsam zu Bett.

»Das war ein toller Tag«, murmelte Ally schläfrig, als er ihr nach der Gute-Nacht-Geschichte einen Kuss gab.

»Ja«, stimmte Vivi gähnend zu. »Wann kommst du morgen, Mick?« »Ich werde früh da sein«, erwiderte er todernst und zwinkerte Tara zu, die ein Schmunzeln verbarg. Die Mädchen wussten nicht, dass er über Nacht blieb. Mick freute sich schon auf ihre überraschten Gesichter. »Schlaft gut, ihr Zwei«, sagte er liebevoll und folgte Tara hinaus.

Kurz darauf lagen sie engumschlungen auf der Couch.

»Du bist so schön«, sagte Mick heiser. »Alles an dir.«

Mit dem Zeigefinger fuhr er ihre Augenbrauen nach, über die schmale Nase und zuletzt über ihre Lippen, die sich einladend öffneten und seinen Mund willkommen hießen.

In Gegenwart der Zwillinge küssten sie sich stets zurückhaltend. Nun hielt sie jedoch nichts mehr. Ein leidenschaftlicher Kuss folgte dem nächsten. Tara stöhnte dabei ebenso laut wie er, und Mick rang wieder einmal um Selbstbeherrschung. Oh Gott, er wollte sie. Jetzt! Sofort!

Aber er hatte versprochen, ihren Wunsch zu respektieren und Mick Railey hielt seine Versprechen.

Allerdings war seine Schmerzgrenze nun erreicht.

Er brauchte eine Pause, sonst würde er innerhalb kürzester Zeit in seiner schmerzhaft engen Jeans explodieren.

Deshalb beendete er den Kuss und schob Tara sanft von sich. »Was hältst du von einer Zigarette?«

Seine Stimme bebte vor unerfülltem Verlangen.

Ihre freilich auch, registrierte er erfreut.

»Das ist eine gute Idee.«

Tara stand hastig auf. Ihre grünen Augen glühten erregt. »Geh schon mal vor, ich komme gleich nach«, sagte sie erstickt und rannte fast hinaus in die Küche.

Es war eindeutig: Sie kämpfte mit sich.

Mick schluckte hoffnungsvoll. Vielleicht musste er ja doch nicht auf der Couch schlafen.

Er ging auf die Terrasse und zündete sich eine Zigarette an.

Nach etwa zwei Minuten sah er durchs Fenster, wie Tara ins Wohnzimmer zurückkehrte. Sie hielt ihr Smartphone ans Ohr und hörte stirnrunzelnd ihrem Gesprächspartner zu. Auf einmal schlug sie die freie Hand an den Mund und starrte zu ihm hinaus. Ihr Gesicht war plötzlich kreidebleich, die grünen Augen schockiert geweitet.

Mick erschrak. Rasch machte er die Zigarette aus und öffnete die Terrassentüre.

»Was ist passiert?«, fragte er besorgt im Flüsterton.

Sie antwortete nicht, sondern tigerte ruhelos im Zimmer auf und ab, während sie mit zusammen gepressten Lippen weiter lauschte. Mick setzte sich auf die Couch und beobachtete sie nervös.

»Danke Mum«, sagte sie nach einer Weile leise. »Ich melde mich.« Tara legte das Smartphone beiseite und atmete zittrig durch.

»Was ist passiert?«, wiederholte Mick angespannt. »Geht es deiner Schwester wieder schlechter?«

Angesichts ihrer Reaktion erschien ihm das naheliegend, doch sie schüttelte den Kopf und schaute ihn an. Ihr Blick glitt forschend über sein Gesicht, als suche sie etwas darin.

»Nein, es geht um dich«, erklärte sie stockend. »Meine Mutter ist beim Bezirkstreffen der Friseur-Innung. Als sie unsere Beziehung einigen Kollegen aus Swan River gegenüber erwähnte, berichteten diese zu ihrem Entsetzen allesamt schreckliche Dinge über dich.«

Ihre Worte trafen Mick wie ein Blitz aus heiterem Himmel. Schockiert starrte er Tara an und spürte, wie er ebenfalls kreidebleich wurde.

Verdammt! Verdammt! Verdammt!

Hätte er bloß heute Nachmittag direkt den Mund aufgemacht. Diese Einsicht kam leider zu spät.

»Sei ehrlich, hast du mir die ganze Zeit nur etwas vorgespielt?«, flüsterte Tara nun mit schmerzlich verzerrter Miene.

»Nein, nein. Um Himmels willen, nein!«

Mick sprang auf und ging auf sie zu.

»Es tut mir furchtbar leid, dass du es auf diese Weise erfahren hast«, sagte er gequält und sah sie schuldbewusst an. »Ich hätte dir längst beichten müssen, wie ich früher gewesen bin. Was immer die Frisöre erzählt haben, es stimmt zu meinem größten Bedauern, aber ich schwöre bei Gott, es ist Vergangenheit.«

Schwer atmend hielt er kurz inne und fügte dann eindringlich hinzu:

»Jener Mick existiert nicht mehr, Tara. Der Unfall hat mein Leben verändert. Durch ihn bin ich zu dem Mann geworden, den du kennst.«

»Tue ich das wirklich?«

Tara biss sich auf die Unterlippe.

Mick wurde mulmig, als er den aufkeimenden Zweifel in ihren Augen sah.

»Offen gesagt, weiß ich im Moment nicht, was ich glauben soll«, stieß sie hervor. »Bitte, fahr nach Hause.« »Du, du willst, dass ich gehe?«, stammelte er entsetzt. Das mulmige Gefühl in ihm verstärkte sich.

»Ja.«

Tara nickte bestimmt. »Ich muss das erst mal verarbeiten, Mick. Gib mir ein bisschen Zeit, okay?« Sie lächelte ihn an. Ganz kurz bloß, ihr Gesicht wurde sofort wieder ernst, aber es genügte, um ihn zu beruhigen.

»Selbstverständlich«, erwiderte er mit rauer Stimme.

Tara war nur durcheinander. Er war sicher, sobald sie ihren Schock überwunden hatte, würde sie wieder klarsehen können. Ihn, so wie er war. Den Mick, den sie kannte.

Er beugte sich zu ihr hinunter und küsste sie sanft auf die Wange.

»Ruf mich an, wenn du soweit bist.«

Kapitel 10

»Die Idee ist gut.«

Josh stützte sein Kinn in die linke Hand. »Nein, das ist mein Ernst, ich bin mit allem einverstanden, das weißt du doch, Schatz«, sagte er mit einem ergebenen Seufzer. »Hör zu, wir müssen weitermachen. Bis später. Ja, ich liebe dich auch.«

Er legte den Hörer auf und warf Mick, der soeben von seiner Mittagspause zurückgekommen war, einen leidenden Blick zu. »Ich liebe sie wirklich, aber zurzeit macht sie mich wahnsinnig.«

Mick schmunzelte leicht.

Seine Schwägerin Cathy war nun im Mutterschutz und widmete sich mit fanatischer Inbrunst dem Nestbau. Sie räumte und dekorierte täglich das eigentlich schon fertig eingerichtete Kinderzimmer um und rief ihren Mann wegen jeder Kleinigkeit an.

»Was ist diesmal das Problem?«

»Ihr gefallen die hellgrünen Gardinen auf einmal nicht mehr. Außerdem überlegt sie, ob sie an die Wand hinter dem Bettchen noch vier weitere Wölkchen malen soll.« Josh schnaubte. »Verdammt, meinetwegen kann sie eine Million Wölkchen malen!«

Er stand auf und streckte sich. »Herr im Himmel, wenn ich mir vorstelle, dass das noch gut einen Monat so weitergeht«, stöhnte er komisch-verzweifelt. »Ich wünschte, ich könnte die Zeit vordrehen.«

»Ich auch. Die Ungewissheit bringt mich bald um.«

Mick schluckte gegen das mulmige Gefühl an, das ihn Anfang der Woche erneut heimgesucht hatte und seither von Stunde zu Stunde stärker wurde.

Er war so zuversichtlich gewesen, dass Tara ihren Schock rasch überwinden würde, doch heute war bereits Donnerstag und sie hatte sich immer noch nicht gemeldet. Fünf lange, einsame Tage ohne jegliche Nachricht von ihr.

Fünf Tage, in denen er dazu im Brennpunkt der Öffentlichkeit stand. Die klatschsüchtigen Frisöre von Swan River hatten ganze Arbeit geleistet. Seine Beziehung zu Tara war nicht länger geheim, sondern Stadtgespräch Nummer Eins.

Der »Bad Boy« hat eine feste Freundin!

Eine zweifache Mutter aus Benito!

Welch eine Sensation!

Wo er auch hinkam, tuschelten die Leute oder gafften ihn neugierig an. Es war zum Kotzen. Wenigstens wusste außer seiner Familie und den Brewsters bislang niemand, dass seine Vergangenheit eine Krise zwischen ihm und Tara ausgelöst hatte. Das wäre die Hölle gewesen.

»Vielleicht ruft sie ja heute an«, meinte Josh jetzt in aufmunterndem Tonfall zu ihm, als sie gemeinsam die Halle betraten. »Ja, vielleicht«, murmelte Mick und machte sich schweigend an die Arbeit. Dank des intensiven Krafttrainings konnte er inzwischen wieder den ganzen Tag arbeiten.

Sein Bruder ging heute eine Stunde früher nach Hause. Er und Cathy waren zum Geburtstag von Peyton Brewster eingeladen. Die kleine Tochter von Mel und Roy wurde ein Jahr alt.

Mick reparierte noch zwei Autos. Danach räumte er die Werkstatt auf und schaltete den Computer und das Licht im Büro aus.

Kurz nach sechs trat er hinaus auf den Parkplatz und zündete sich eine Zigarette an. Um diese Uhrzeit war auf der Main Street stets viel los. Gedankenverloren blickte er zu den gemütlich schlendernden Menschen auf der Straßenseite gegenüber. Einige Familien waren darunter und plötzlich überfiel ihn eine solch schmerzhafte Sehnsucht nach Tara und den Mädchen, dass er die Ungewissheit nicht länger ertrug.

Er setzte sich in seinen Jeep und rief an.

»Entschuldige, ich halte es nicht mehr aus«, sagte er rau, nachdem Tara sich gemeldet hatte. »Ich muss wissen, wie es mit uns weitergeht.« Er räusperte sich nervös. »Ich meine, es geht doch weiter, oder?«

Sie antwortete nicht.

Mick hörte, wie sie schwer schluckte und hektisch zu atmen begann und sein mulmiges Gefühl verwandelte sich in Furcht. Offenbar zweifelte sie nach wie vor an ihm.

»Tara, ich habe dich nicht angelogen«, würgte er mit flehender Stimme hervor. »Mein früheres Leben ist Geschichte. Bitte glaub mir.« »Verdammt Mick, ich will dir ja glauben, aber ich kann nicht!«, schrie sie jäh und klang derart verzweifelt dabei, dass ihm die Luft wegblieb.

»Gordon, er hat mich andauernd betrogen.«

Tara schluchzte auf und sprach stammelnd weiter. »Es, es war schrecklich erniedrigend und ich habe Angst, entsetzliche Angst davor, dass du irgendwann in dein altes Verhaltensmuster zurückfällst. Dass, dass auch du auf Dauer nicht treu bist, genau wie er und deshalb, deshalb kann ich nicht weiter mit dir zusammen sein, so gern ich es täte.«

Ihre Stimme brach.

Sein Herz auch; in eine Milliarde Splitter.

Allmächtiger, nein, bitte nicht. Nein! Nein!

Mick wollte schreien, protestieren, sie anbetteln, bekam jedoch keinen Ton heraus. Es hätte ohnehin nichts genutzt. Seine Beziehung zu ihr war von Anfang an zum Scheitern verurteilt gewesen, das wurde ihm in diesem Moment klar.

Schlechte Erfahrungen prägen einen nun mal, hatte Tara einmal zu ihm gesagt. Gordon Henson war nicht nur als Vater ein Arschloch. Er war es auch als Ehemann gewesen. Ein Scheißkerl, der bloß mit seinem Schwanz dachte.

Genau wie Micks altes Ich.

In Anbetracht dieser Parallele war es kein Wunder, dass Tara ihm nicht glauben konnte. Selbst, wenn er früher den

Mund aufgemacht, ihr persönlich die Wahrheit über sich erzählt hätte, wäre ihre Entscheidung die gleiche gewesen und das Schlimmste war, er konnte sie nachvollziehen. Er an ihrer Stelle würde einem Typen wie ihm auch nicht vertrauen.

»Ich verstehe«, sagte Mick tonlos. »Wissen Vivi und Ally es schon?« Bei dem Gedanken an die süßen Zwillinge begannen seine Augen zu brennen.

»Nein, nur dass wir eine Auseinandersetzung hatten und du deswegen in den letzten Tagen nicht vorbeigekommen bist. Ich wollte zuerst mit dir reden.« Tara schniefte. »Ich hatte vor, dich morgen anzurufen, doch das hat sich ja nun erledigt.«

»Ja.« Mick atmete zittrig durch. »Tara, ich weiß, ich habe kein Recht dazu, aber bitte sprich nicht allzu böse über mich, wenn du es ihnen sagst.« »Auf keinen Fall, das verspreche ich«, gab sie erstickt zurück.

»Danke.« Er brachte das Wort kaum heraus.

Einige Sekunden lang schwiegen sie beide, dann wisperte Tara »Leb wohl« und unterbrach die Verbindung.

Ihre Verbindung zu ihm.

Es war vorbei. Die erste Liebe seines Lebens zerstört, wegen seiner verdammten Vergangenheit.

Verzweifelt legte Mick die Stirn ans Lenkrad und fing an zu weinen.

Wie er nach Hause gekommen war, konnte er später nicht mehr sagen.

Zusammengekrümmt lag Mick in seinem dunklen Wohnzimmer auf der Couch. Ihm tat alles weh. Kopf, Herz, Magen, Gliedmaßen. Er hatte nicht gewusst, dass Liebeskummer derart körperliche Qualen auslösen konnte. Hinzu malträtierten ihn unzählige Erinnerungen.

Tara im Raucherpavillon. Ihre tieftraurigen Augen. Das Wiedersehen im Flugzeug. Ihr überraschender Anruf, der alles ins Rollen gebracht hatte. Vivi und Ally, wie sie begeistert auf ihn zugerast kamen bei seinem ersten Besuch.

Oh Gott, die Zwillinge! Sie würden bestimmt schrecklich traurig sein, weil er nicht mehr kam.

Mick blickte auf seine großen Hände, mit denen er so oft eines der Barbie-Fahrzeuge »heil gemacht« hatte und begann erneut zu weinen. Der Schmerz war zu groß. Er hatte nicht nur eine, sondern gleich drei Frauen verloren.

Irgendwann hielt er es nicht mehr aus. Er musste mit jemandem reden, sonst würde er durchdrehen.

Tränenblind sah er auf die Uhr. Es war halb neun. Seine Mutter kam daher nicht infrage. Sie war noch in der Kirche. Pfarrgemeinderat-Sitzung, wie jeden Donnerstagabend.

Mick griff nach seinem Smartphone.
Hoffentlich war Josh bereits wieder zuhause.

Er war es nicht.

»Hi Mick, was gibt's?«, meldete er sich gut gelaunt. Im Hintergrund ertönten fröhliche Stimmen und Gelächter.

»Tara hat Schluss gemacht«, stieß Mick hervor. »Könnt ihr nach dem Geburtstag zu mir kommen?«

»Ach, du Scheiße!« rief Josh bestürzt aus. »Wir sind schon unterwegs. Bis gleich.«

Fünf Minuten später waren sie bei ihm.

Mick hatte sein Gesicht gewaschen, doch als sein Bruder ihn tröstend an sich drückte, rannen erneut die Tränen. Es war ihm peinlich, aber er konnte sie einfach nicht stoppen.

»Lieblingsschwager.«

Cathys Blick und ihre Stimme waren voll schmerzlichem Mitgefühl. Sie umarmte ihn ebenfalls, so gut es ging. Ihr Bauch war inzwischen gigantisch.

»Setzt euch, wollt ihr was trinken?«, fragte Mick heiser und wischte mit dem Handrücken über seine nassen Wangen. Da beide verneinten, holte er für sich ein Bier aus dem Kühlschrank und berichtete ihnen gequält von dem Telefonat.

»Das Schlimmste ist, dass ich sie verstehe«, sagte er zum Schluss bitter. »Wäre ich bloß nicht so ein Scheißkerl gewesen!« Voller Hass auf sich selbst trat er mit dem Fuß gegen den Couchtisch.

»Mick, lass das«, meinte Josh ruhig. »Selbstzerfleischung bringt jetzt auch nichts.«

»Er hat Recht«, pflichtete Cathy ihm bei. »Überleg lieber, wie du Tara umstimmen kannst.«

»Sie umstimmen?«

Mick starrte seine Schwägerin ungläubig an. »Hast du mir nicht zugehört? Es ist vorbei! Aus! Ende!«, schrie er unglücklich. »Soll das heißen, du gibst einfach auf?!«, brüllte sie mit empörter Miene dermaßen laut zurück, dass Josh und er zusammenzuckten. »Verdammt Mick, ich dachte, du liebst diese Frau!«

Cathys grüne Augen schossen wütende Blitze auf ihn ab. Nie zuvor hatte er sie derart in Rage gesehen.

»Tara hat aus nackter Angst gehandelt, gegen ihre eigenen Gefühle und sie ist genauso unglücklich wie du darüber. Jetzt liegt es ganz allein an dir.«

Cathy richtete ihren Zeigefinger auf ihn.

»Du kannst dich entweder weiter in deinem Selbsthass suhlen, oder du beweist Tara, dass der neue Mick echt und es wert ist, ihre Angst zu überwinden. Kämpfe um sie, verdammt!«

Ihre ungeschminkten Worte trafen ihn wie eine Ohrfeige.

Mick rang nach Luft.

»Wie denn?«

Er biss sich auf die Unterlippe und schaute Cathy verzagt an. »Ich habe keine Erfahrung darin, eine Frau zurück zu erobern.« »Dann lern es!«, fauchte sie streng und fügte, auf einmal ganz sanft, mit einem aufmunternden Lächeln hinzu: »Wir helfen dir auch dabei.«

Mick blickte von ihr zu Josh, der zustimmend nickte.

»Und was ist, wenn es nicht funktioniert?«, fragte er leise und begriff im selben Augenblick, wie die Antwort darauf lautete. Sie war einfach.

»Dann habe ich es zumindest versucht.«

Er trank einen Schluck Bier und atmete tief durch.

»Okay, was schlagt ihr vor?«

Kapitel 11

Mick nahm den großen Radiergummi in die Hand, den er in seiner Mittagspause gekauft hatte und beschriftete ihn.

Ich wünschte, ich könnte deine Angst ausradieren.

Die Idee dazu war ihm gekommen, als Josh heute Morgen auf einem Blatt etwas wegradiert hatte.

Zu seinem eigenen größten Erstaunen besaß er weit mehr Phantasie, wie er gedacht hatte. Ob seine Bemühungen erfolgreich sein würden, blieb abzuwarten, aber immerhin tat er etwas. Cathy sei Dank. Ohne sie wäre er wahrscheinlich längst in Liebeskummer und Selbsthass ertrunken. Mick war ihr sehr dankbar, auch für ihre Tipps.

»Ruf oder schreib sie auf keinen Fall an. Damit setzt du Tara nur unter Druck und sie würde garantiert deine Nummer sperren«, hatte seine Schwägerin am vergangenen Donnerstag zu ihm gesagt. Sie und Josh waren noch lange bei ihm geblieben. »Schick ihr Blumen, das kommt immer an, aber auch andere Sachen, die ihr zeigen, wie sehr du sie vermisst und dass du ihre Angst ernst nimmst. Nutz einfach deine Phantasie.«

»Vergiss es, ich hab keine«, brummte Mick, doch kaum ausgesprochen, blitzte schon eine erste Idee in ihm auf. »Warte! Ich könnte ihr ein Feuerzeug schicken, mit der Nachricht, dass ich bei jeder Zigarette nach dem Essen an sie denke. Was meinst du?«

»Dass es besser wäre, ihr würdet nicht rauchen«, entgegnete Cathy trocken. »Aber ja, genau so etwas meinte ich. Siehst du, du kannst es doch.«

Sie klatschte zufrieden in die Hände.

»Und denk daran, die Mädchen mit einzubeziehen«, fügte Josh ernst hinzu. »Dein echtes Interesse an ihnen ist ein entscheidender Unterschied zu deren Vater. Ein großer Pluspunkt für dich. Erinnere Tara daran.«

Mick hatte langsam genickt und ein Lächeln war auf seinem Gesicht erschienen, als ihm klar wurde, dass er ja zwei kleine Verbündete hatte. Vivi und Ally würden zweifellos weiterhin von ihm sprechen und ihre Mutter damit ständig an ihn erinnern.

Tara davon zu überzeugen, ihre Entscheidung rückgängig zu machen, konnte indes nur er allein.

Und er hoffte bei Gott, dass es ihm gelang.

Mick steckte den Radiergummi in einen wattierten Briefumschlag, adressierte ihn und legte ihn auf den Stapel der Ausgangspost. Danach nahm er sein Smartphone in die Hand und rief das Selfie auf. Der Anblick »seiner« drei Frauen tröstete und folterte ihn gleichermaßen.

»Ich vermisse euch«, flüsterte er voller Sehnsucht.

In den vergangenen sieben Tagen hatte er Tara zweimal Blumen geschickt. Zwei riesige Sträuße Vergissmeinnicht.

Außerdem ein rotes Feuerzeug mit Herzchen, nebst einer Karte, die er selbst gestaltet hatte. Auf der Rückseite stand der Text mit der Zigarette; vorne drauf hatte er einen Teller gezeichnet, auf dem ein blutiges Steak lag. Eine Anspielung auf ihr erstes Date. Er war ziemlich stolz auf diesen Einfall gewesen.

Und vorgestern war er spätabends nach Benito gefahren. Mit vier Luftballonherzen auf der Rückbank seines Jeeps. Drei von ihnen, beschriftet mit Vivi, Ally und Tara hatte er an der Regenrinne neben ihrer Haustüre befestigt. Den vierten, auf dem sein Name stand, an einer Laterne genau vor ihrem Grundstück, gemeinsam mit einer weiteren Nachricht.

So nah und doch so fern. Wie gern wäre ich wieder Teil eures Lebens. Ihr fehlt mir.

Das war seiner Meinung nach die bislang beste Aktion gewesen. Wie gesagt, er war über sich selbst erstaunt, und er hatte noch etliche, weitere Ideen!

Allerdings hoffte er inständig, dass er nicht mehr allzu viele von ihnen ausführen musste. Vielleicht brachte ja der Radiergummi die ersehnte Wende.

Mitte Mai rauchte Mick morgens auf seiner Terrasse und starrte mit versteinerter Miene in den Garten. Es herrschte mildes Frühlingswetter, doch ihm war kalt.

Eine schmerzliche Kälte, die von innen kam.

All seine phantasievollen, zärtlichen Liebesbotschaften an Tara waren bislang ins Leere gelaufen. Seit über drei Wochen hoffte er vergeblich auf ihren Anruf oder eine Nachricht, und an diesem Samstagmorgen war er nah dran, aufzugeben. Dieses herzzerreißende Warten war kaum noch zu ertragen.

Mick machte die Zigarette aus, da klingelte drinnen plötzlich sein Smartphone.

Bitte, bitte lass es Tara sein!

Er rannte in die Küche und wurde erneut enttäuscht. Es war Josh. Frustriert meldete er sich und bekam fast einen Hörsturz.

»Anna ist da!«, brüllte sein Bruder freudetrunken. »Du bist wieder Onkel!«

Eine Stunde später stand Mick gemeinsam mit seiner Mutter und Josh neben Cathys Bett.

Da ihre Schwangerschaft problemlos verlaufen war, hatte seine Schwägerin sich für eine Hausgeburt entschieden. Sie war kurz und heftig gewesen. Nach lediglich fünfzig Minuten war Anna auf die Welt gekommen. Cathy war entsprechend geschwächt, lächelte jedoch glücksstrahlend.

»Hier, bitte, Cathy.«

Jordan hatte ihr ein Glas Wasser geholt. »Brauchst du sonst noch was«, fragte er mit eifriger Miene. »Nein danke, mein Großer«, antwortete sie mütterlich sanft.

»Sie ist unfassbar süß.«

Margret Railey schaute selig in die Wiege und streichelte ihrer schlafenden, neuen Enkeltochter zärtlich über die hellblonden Härchen.

Diese Geste, die ganze liebevolle, familiäre Atmosphäre, brachte Mick an den Rand der Selbstbeherrschung.

Seine Augen brannten und in seinem Hals bildete sich ein riesiger Kloß.

Er freute sich riesig über Annas Geburt, doch diese Freude war tief getrübt, weil er sie nicht mit Tara und den Mädchen teilen konnte. Vivi und Ally wären begeistert über das Baby im rosa Strampler. Vermutlich bekamen sie Anna jedoch nie zu Gesicht.

Der Gedanke schmerzte schrecklich.

»Ich gehe wieder nach Hause«, sagte Mick abrupt. Seine Stimme bebte. »Erhol dich gut.«

Er umarmte Cathy vorsichtig, dann Josh und zum Schluss seine Mutter. Diese küsste ihn sanft auf die Wange.

»Lass den Kopf nicht hängen, mein Lieber«, sagte sie aufmunternd. »Tara wird ihre Angst bestimmt noch überwinden.« »Dein Wort in Gottes Ohr, Mum.«

Mick lächelte gequält und floh aus dem Zimmer.

Am Montagfrüh saß er deprimiert am Küchentisch, vor sich die dritte Tasse Kaffee und zwang sich, etwas zu essen, obwohl sein Magen rebellierte.

Er hatte geträumt, Tara sei zu ihrem Ex-Mann zurückgekehrt. Das würde sie niemals tun, aber zu ihm kam sie höchstwahrscheinlich auch nicht zurück. Seine Mutter hatte es lieb gemeint mit ihrer Aufmunterung, doch Mick wusste, dass die Chance dafür von Tag zu Tag geringer wurde.

Er trank den Kaffee aus und ging ins Bad.

Zwei kummervolle blaue Augen aus einem verhärmten Gesicht sahen ihm entgegen. Er war bloß noch ein Schatten seiner selbst.

»Guten Morgen, Mr. Railey.«

Mrs. Miller winkte aufgeregt, als er aus dem Haus trat. »Ich habe gehört, Ihre Nichte ist am Samstag zur Welt gekommen.«

»Ja.«

Mick schaffte es, zu lächeln. »Sie ist wunderbar.«

»Oh, das glaube ich«, antwortete seine Nachbarin entzückt. »Bitte richten Sie Ihrem Bruder und seiner Frau meine Glückwünsche aus.«

»Das tue ich gern, danke.«

Mick stieg in seinen Jeep und verspürte plötzlich eine gewisse Erleichterung. Die Geburt von Anna, das wurde ihm in diesem Moment klar, nahm ihn zumindest vorübergehend aus der Schusslinie.

Da einige Besucher an Peytons Geburtstag damals mitbekommen hatten, weswegen Josh und Cathy überstürzt aufbrachen, hatte sich die Sensation in Windeseile herumgesprochen. Mick Railey ist von seiner Freundin abserviert worden!

Seither plagte ihn deshalb nicht allein der Liebeskummer, sondern auch die neugierigen, teils hämischen Blicke der

Leute. Nun würde sich ihr Augenmerk erst mal eine Weile auf Josh, Cathy und Anna richten.

Wenigstens etwas Positives.

Als er vor der Werkstatt ausstieg, liefen gerade zwei kleine Mädchen vorüber. Sie trugen identische, rosa Schulranzen, und in Mick blitzte wieder einmal eine Idee auf.

Nein, eigentlich war es mehr eine Vision und sie war derart intensiv, dass ihn der Wunsch übermannte, sie Tara sofort mitzuteilen. Cathy hatte zwar gemeint, er solle ihr auf keinen Fall schreiben, doch das war ihm jetzt scheissegal.

Ehrlich, was hatte er noch zu verlieren?

Er zückte sein Smartphone, schoss ein Foto von den beiden Ranzen, teilte es in WhatsApp und schrieb seine Gedanken dazu.

Stell dir folgende Szene vor: du und ich, nebeneinander bei der Einschulung von Vivi und Ally. Stolz und glücklich und vermutlich mit einer Träne im Auge, weil »unsere« Mädchen so schnell groß werden. Das würde ich gern mit dir erleben.

Mick drückte auf Senden.

Sein wundes Herz hämmerte los, als er sah, dass die Nachricht bei ihr angelangt war. Würde Tara sie lesen oder direkt löschen und dann, wie von Cathy prophezeit, seine Nummer sperren?

Vielleicht, *vielleicht*, bekam er ja aber auch Antwort. Die Hoffnung starb bekanntlich zuletzt.

Der Tag verging.

Josh und er hatten viel zu tun; zudem klingelte permanent das Telefon.

Sein Smartphone hingegen blieb stumm.

Am späten Nachmittag war seine Hoffnung zwar noch nicht tot, aber auf einen neuen Tiefpunkt gerutscht.

Niedergeschlagen fuhr Mick um halb sechs den letzten Wagen für heute auf die Hebebühne. Er stieg aus und ging zum Werkzeug-Regal, da brüllte Josh hinter ihm jubelnd:

»Mick, vergiss das Auto!! Tara ist hier!!«

Allmächtiger, bitte lass das kein Traum sein.

Er schnellte herum – und jegliche Kraft wich aus ihm. Seine Knie gaben nach. Haltsuchend klammerte Mick sich an das Regal und starrte im wahrsten Sinn des Wortes atemlos auf Tara, die auf ihn zueilte. Josh hob grinsend beide Daumen in seine Richtung und sprintete dann hinaus ins Büro, doch das registrierte er kaum.

»Hallo Mick.«

Tara lächelte, gleichzeitig weinte sie. Ihr schmales Gesicht war tränenüberströmt. »Es tut mir leid. Bitte verzeih, dass du so lange warten musstest«, stieß sie schluchzend hervor.

»Tara.« Er brachte ihren Namen kaum über die Lippen.

Obwohl er keineswegs sicher war, dass seine Beine ihn wieder trugen, ließ Mick das Regal los und öffnete die Arme. Als sie sich an ihn schmiegte, verlor auch er die Fassung. »Du bist hier, du bist wirklich hier«, stammelte er und vergrub überglücklich sein Gesicht in ihrem Haar.

Sie war zurückgekommen.

Oh Gott, ich danke dir.

Eine Zeitlang sprachen sie nicht, hielten einander nur fest.

»Meine blöde Angst«, sagte Tara irgendwann. »Ich bekam sie einfach nicht in den Griff, trotz all deiner wundervollen Liebesbotschaften.« Sie blickte zu ihm auf. »Doch als heute Morgen deine WhatsApp ankam, mit dieser herrlichen Zukunftsvision war sie plötzlich weg, wie ausradiert.«

Sie lachte ein wenig verlegen und legte ihre zartgliedrigen Finger an seine feuchten Wangen. »Ich glaube und vertraue dir, Mick Railey und ich liebe dich.«

Ihr Kuss dauerte ewig und während ihn die vertraute, unbeschreiblich zärtliche Wärme durchflutete, er mit Tara verschmolz, schwor Mick sich eins:

Er würde den Rest seines Lebens damit verbringen, sie und ihre Töchter, seine drei Frauen, glücklich zu machen.

Kapitel 12

»Ja, ja. Oh, jaa!«

Tara stöhnte laut auf.

Mick blickte in ihre lustverschleierten Augen und grinste in sich hinein. Sie beobachtete ihn gern, wenn er sie mit dem Mund verwöhnte. Eine weitere Gemeinsamkeit, wie sie begeistert bei ihrem ersten Mal herausgefunden hatten. Auch er liebte es, ihr dabei zuzusehen.

Bei der Erinnerung daran, wie sie ihn mit ihren Lippen in der vorletzten Nacht beinahe um dem Verstand gebracht hatte, wurde er noch härter. Er konnte es kaum mehr abwarten, mit ihr eins zu werden.

Doch zuerst war sie dran.

»Schneller. Bitte, bitte mach schneller«, flehte Tara nun keuchend.

Ihr Wunsch war ihm Befehl.

Wenig später warf sie stöhnend den Kopf zurück und ihr zierlicher Körper begann unkontrolliert zu zucken. Gleich war sie so weit. Mick beschleunigte noch einmal das Tempo, völlig berauscht von ihrem Geschmack und kurz darauf bäumte sie sich auf und kam mit einem gellenden Schrei.

Er ließ ihr einige Sekunden Zeit, um wieder zu Atem zu kommen, dann drang er behutsam in sie ein und fing an, sich zu bewegen. Langsam und genüsslich.

Es dauerte jedoch nicht lange, da schlang Tara die Beine um ihn und hob die Hüfte an. Ihre Fingernägel kratzten auffordernd über seinen Rücken.

Ein eindeutiges Signal.

»Immer hast du es so eilig«, raunte er neckend, tat aber umgehend, was sie verlangte. Ihn verlangte ja selbst danach. Er stieß fester zu, tief in sie hinein, trieb sie beide mit harten schnellen Stößen hin zum gemeinsamen Höhepunkt, bei dem auch er lustvoll aufschrie.

Hinterher lagen sie engumschlungen auf dem zerwühlten Bett und streichelten einander. Mick genoss diese Zeit danach stets intensiv. Die zärtliche Stille, die sanften Berührungen. Liebe pur. Nie wieder wollte er darauf verzichten.

Eine Stunde später war es vorbei mit der ruhigen, intimen Zweisamkeit.

»Da sind wir wieder!«

Ally und Vivi flitzten zur Haustüre herein und zeigten ihm aufgeregt, was ihre Großeltern ihnen gekauft hatten. Zwei neue Barbiekleider. Sie waren – Überraschung! – rosa.

Mick bewunderte sie pflichtschuldig und begrüßte dann Taras Vater, der die Zwillinge zurückgebracht hatte.

»Ich hoffe, Sie passen gut auf unsere Mädchen auf, wenn Sie morgen auf das Stadtfest gehen«, sagte dieser, ohne sein Lächeln zu erwidern. »Selbstverständlich. Sie können sich auf mich verlassen«, entgegnete Mick ruhig. »Das muss sich erst noch herausstellen. Wiedersehen, Mr. Railey« bekam er ruppig zur Antwort.

Tara warf ihm daraufhin einen entschuldigenden Blick zu und begleitete ihren Vater hinaus.

Mick sah ihnen nach.

Im Gegensatz zu ihrer Mutter, die er rasch für sich eingenommen hatte, war ihr Vater ihm gegenüber bis heute misstrauisch. Tara stimmte das traurig, doch er verstand den Mann. Falls Vivi oder Ally jemals in ihrem Leben eine Beziehung mit einem Kerl eingehen sollten, der eine derart miese Vergangenheit hatte wie er selbst, wäre er garantiert auch misstrauisch.

So tickten Väter nun mal. Ob leiblicher oder »nur« Ersatz. Ein Vater sorgte sich um seine Kinder. Zumindest sollte es so sein. Ausnahmen bestätigten die Regel.

Gordon Henson war eine solche Ausnahme.

In den vergangenen drei Monaten hatte das Arschloch seine Töchter ein einziges Mal abgeholt. Mick hätte ihm am liebsten die Fresse poliert dafür.

Die Zwillinge hingegen störte es in keinster Weise, dass ihr »Daddy« sich selten Zeit für sie nahm.

Sie hatten ja ihn.

»Du, Mick?«, piepste Ally jetzt.

»Was ist denn, Schätzchen?« Liebevoll blickte er auf sie hinunter. »Wir brauchen deine Hilfe«, antwortete Vivi an ihrer Stelle energisch. »Das Wohnmobil ist kaputt.«

Ach, ganz was Neues.

Mick verkniff sich ein amüsiertes Grinsen.

»Schon wieder?« Er rollte gespielt entnervt die Augen und brummte: »Ehrlich, Ladies, euren Barbies sollte man den Führerschein abnehmen.«

Die Mädchen kicherten daraufhin und liefen ins Kinderzimmer, in der absolut richtigen Annahme, dass er ihnen schnurstracks folgen würde. Sie hatten ihn gut im Griff, die beiden. Falsch, alle drei, korrigierte er sich stumm. Tara konnte er auch nichts abschlagen.

Mick Railey war seinen Frauen rettungslos verfallen.

Der beste Beweis dafür war, dass er am nächsten Tag mit ihnen nach Swan River zum Stadtfest fuhr.

Es war das erste Mal seit achtzehn Jahren, dass er daran teilnehmen würde. Mick machte sich nichts aus solchen Festen und war heilfroh gewesen, als er volljährig wurde und seine Eltern ihn nicht mehr zwingen konnten, mitzugehen.

Leider hatte seine Familie vor einigen Wochen, bei einem gemeinsamen Grillnachmittag in Benito, Tara und den Mädchen vorgeschwärmt, wie toll dieses Fest sei.

All das leckere, vielfältige Essen! Die Musik, das Feuerwerk in sommerlicher Atmosphäre und nicht zu vergessen der große Spielplatz! Vivi und Ally hatten begeistert gequiekt, als sie das hörten. Im selben Moment wusste Mick, dass sein Schicksal besiegelt war.

Trotzdem hatte er zuerst widersprochen, denn es gab neben seiner persönlichen Abneigung einen weiteren Grund, weshalb er das Fest meiden wollte.

Die Versöhnung zwischen ihm und Tara hatte sich längst herumgesprochen. Seine Familie und die Brewsters ausgenommen, gab es bislang allerdings nur wenige Menschen in Swan River, die sie zusammen gesehen hatten. Wenn sie nun beim Stadtfest auftauchten, würden sie damit voll in die Schusslinie geraten.

»Schatz, das wird ein erbarmungsloser Spießrutenlauf, glaub mir«, sagte er deshalb eindringlich. »Die Leute werden glotzen und tuscheln und mit den Fingern auf uns zeigen. Mir ist das egal, ich bin daran gewöhnt, doch ich will nicht, dass du verletzt wirst.«

»Ach, Mick.« Tara legte lächelnd ihre Hand an sein Herz. »Mit dir an meiner Seite kann mich nichts und niemand verletzen.«

Damit hatte sie ihn schachmatt gesetzt. Wer könnte solch einer Liebeserklärung auch widerstehen.

Da der Legion Park nur wenige hundert Meter von seinem Haus entfernt war, parkte Mick in seiner Auffahrt und sie liefen den Rest zu Fuß. Am vereinbarten Treffpunkt vor dem Eingang warteten die anderen bereits und nach der gewohnt turbulent fröhlichen Begrüßung betraten sie alle gemeinsam den Park.

Cathy und Josh gingen voran, gefolgt von Margret Railey, die stolz Annas Kinderwagen schob. Hinter ihr trottete Jordan. Er war in sein Smartphone vertieft.

Mick bildete mit Tara und den Zwillingen die Nachhut. Er war angespannt. Als die ersten wissbegierigen Blicke sie trafen, packte er Taras Hand fester und verfluchte sich im Stillen, dass er nachgegeben hatte.

Es ging los.

Scheiße.

Der von ihm befürchtete Spießrutenlauf blieb jedoch aus.

Ja, manche glotzten und tuschelten.

Mandy Weston und ihre Mutter zum Beispiel. Einige seiner ehemaligen Affären ebenfalls, darunter Samantha, die ihn böse anfunkelte. Vereinzelt zeigten auch Leute mit den Fingern auf sie, doch das waren Ausnahmen.

Die meisten Menschen traten offen auf sie zu. Neugierig, gewiss, aber herzlich. Andauernd sprach sie jemand an, stellte sich Tara und den Mädchen vor und beglückwünschte ihn zu seinen drei hübschen Frauen. Damit hatte er nicht gerechnet. Mick schüttelte unzählige Hände und auf einmal freute er sich, hier zu sein.

»Hey! Schön, dich zu sehen.«

Robert Jenkins schlug ihm jetzt auf die Schulter.

»Oh, du bist aber stark.«

Vivi musterte den ehemaligen Kampfpiloten neugierig. Ally dagegen stieß einen Angstschrei aus. Mick konnte es ihr nicht verdenken. Robert war ein furchteinflößend muskulöser Mann und sein Tonfall zudem sehr zackig.

»Keine Angst, Schätzchen.«

Rasch nahm er Ally auf den Arm und flüsterte ihr beruhigend zu: »Er ist harmlos, glaub mir.« Anscheinend glaubte sie ihm nicht, denn sie kniff die Augen zu und kuschelte sich eng an ihn.

Robert hatte sich inzwischen Tara zugewandt.

»Freut mich, dich kennen zu lernen. Du bist also die Frau, die das Herz des einstigen Bad Boys erobert hat.« »Nein, es war umgekehrt«, widersprach Tara und blickte Mick zärtlich in die Augen. »Er hat liebevoll mein Herz repariert und dadurch mich erobert.«

»Ach was?«

Robert sah verwundert zu Mick und musterte ihn einige Sekunden lang stumm. »Wenn das so ist, kannst du mir vielleicht ein paar Tipps geben?«, fragte er dann. »Ich habe es leider mit meiner Freundin vermasselt und hoffe, dass sie mir eine zweite Chance gibt.« Er kratzte sich verlegen am Hinterkopf.

»Wenn sie es tut, dann nutze sie«, entgegnete Mick und blickte kurz zum Himmel hinauf.

Danke für meine zweite Chance.

Er lächelte glücklich, und war sich ziemlich sicher, Gott lächelte auch.

Ebenfalls bei tredition erschienen:

Ein Job im fernen Deutschland? Garett Parker ist zunächst entsetzt über dieses Angebot. Nur zögernd lässt der verwitwete Informatiker sich darauf ein. Zu seinem Erstaunen fühlt er sich in Köln jedoch rasch wohl. Wäre da bloß nicht seine neue Nachbarin Constanze Vogel. Diese Frau ist ein Albtraum! Anfangs zumindest, doch dann geschieht etwas absolut Unerwartetes und Garett muss seine Meinung gründlich revidieren. Eigentlich ist sie ja ganz nett. Nur wenige Wochen später gesteht er sich ein, dass er auch mit dieser Einschätzung komplett falsch lag. Constanze ist nicht nett - nein, sie ist eine echte Traumfrau! Leider hat ihre letzte Beziehung tiefe Narben in ihr hinterlassen, wie er inzwischen weiß. Wird es ihm trotzdem gelingen, ihr Herz zu erobern?

Zeitfracht Medien GmbH
Ferdinand-Jühlke-Straße 7
99095 Erfurt, Deutschland
produktsicherheit@kolibri360.de